SOMBRAS DE AGOSTO

Leandro Haach

SOMBRAS DE AGOSTO

1ª edição / Porto Alegre-RS / 2021

Capa: Marco Cena
Produção editorial e revisão: Edições BesouroBox
Produção gráfica: André Luis Alt

Dados Internacionais de Catalogação na Publicação (CIP)

H111d Haach, Leandro
Sombras de agosto. / Leandro Haach. – Porto Alegre: BesouroBox, 2021.
200 p. ; 14 x 21 cm

ISBN: 978-65-88737-28-6

1. Literatura brasileira. 2. Romance policial. I. Título.

CDU 821.134.3(81)-3

Bibliotecária responsável Kátia Rosi Possobon CRB10/1782

Copyright © Leandro Haach, 2021.

Todos os direitos desta edição reservados a
Edições BesouroBox Ltda.
Rua Brito Peixoto, 224 - CEP: 91030-400
Passo D'Areia - Porto Alegre - RS
Fone: (51) 3337.5620
www.besourobox.com.br

Impresso no Brasil
Janeiro de 2021.

"E se fosse um detetive empenhado em localizar um assassino, esperaria achar que o assassino deixou para trás sua fotografia, no local do crime, com endereço assinalado? Ou não teria necessariamente de ficar satisfeito com vestígios fracos e obscuros da pessoa que estivesse procurando? Assim sendo, não subestimemos os pequenos indícios; com sua ajuda podemos obter êxito ao seguirmos a pista de algo maior."

"As emoções não expressas nunca morrem. Elas são enterradas vivas e saem de piores formas mais tarde."

Sigmund Freud

"Até você se tornar consciente, o inconsciente irá dirigir sua vida e você vai chamá-lo de destino."

Carl Jung

Sou imensamente grato às pessoas que ajudaram durante a pesquisa e preparação desta história. São elas: Andrea Boechat, Beto Soares, Carlos Leão, Cláudia Lemes, Cláudio Dineck, Edimilson Klein, Fernando Weber, Gisele Zuccolotto, Jéssica Feiten, Maitê Cena, Marco Cena, Marina Carvalho Haach, Ricardo Teles Araújo e Sérgio Dineck.

Esta curta história foi idealizada em um mundo – embora triste e imperfeito – ainda sem a desoladora pandemia do coronavírus.

Dedicado a todas as crianças que, de alguma forma, já sofreram maus-tratos e foram vítimas de abandono.

PREFÁCIO

Quando o delegado de Polícia Leonardo Werther embarca no metrô em São Leopoldo, leva com ele todos os leitores, que a essas alturas já sabem do crime ocorrido no centro de Porto Alegre. Trata-se da terceira vítima do serial killer que vai nos desafiar até a última página.

Leandro Haach desenrola com sabedoria e maturidade esse thriller – nem parece ser seu primeiro livro do gênero – e nos mostra, desde o início, que todos os personagens embarcaram nessa aventura porque têm alguma coisa para contar. Ninguém viaja de graça – todos deixarão um pouco de sua alma nesse trajeto. Seus medos, suas aflições e seus segredos vão embarcando (ou desembarcando?) aos poucos em cada estação, puxados ou empurrados pelo delegado. Leonardo Werther é uma figura desenhada com tão meticulosa maestria que não deixa dúvidas do quanto de humanidade, trabalho e paixão o autor dedicou para criá-lo. Cada leitor se transforma num fiel cúmplice à medida que os amores, as histórias e os conflitos pessoais do personagem vão sendo revelados.

O cenário é quase sempre uma Porto Alegre fria e chuvosa. Quem é gaúcho sabe do que estou falando, e quem não é, mesmo assim, vai sentir o vento frio cortando em cada esquina desse agosto, onde, desde o início, Leandro vai revelando com perspicácia os ingredientes de sua história: crimes, investigação, intenções, motivações e revelações surpreendentes.

Antes do impactante desfecho, o leitor passa por estações não menos interessantes, curiosidades e informações pontuais que, de forma inteligente, Leandro usa para aliviar as tensões tanto do personagem como do leitor. Mas garanto que você não vai querer desembarcar antes da última estação.

Um conselho? Pegue um lugar na janela.

Marco Cena
Editor

UM

Às cinco e meia da manhã, indiferente ao frio e à chuva do lado de fora, Ana Betriz Malmann iniciava sua costumeira corrida de uma hora na esteira. Disposta e enérgica, como de hábito, ela acordara cedo. Aprendera com o pai a ter disciplina em seus horários e atividades. Da extensa e ampla sacada de seu apartamento, através do vidro, observava as luzes e o silêncio noturno que ainda se fazia nos altos do Centro Histórico. Preferia, contudo, os finais de tarde, quando podia assistir ao belo espetáculo do pôr do sol no Rio Guaíba, acompanhada de uma delicada taça de Chardonnay. Eram momentos somente dela, epifânicos, nos quais relaxava e agradecia pela boa vida que tinha.

Sentia-se bem consigo mesma. Loira, esguia, cabelos longos e olhos azuis, aos 34 anos ela era o que se pode chamar de uma mulher bonita e bem resolvida. Um casamento sólido, uma filha linda de 3 anos, um emprego invejável em uma agência de publicidade, duas viagens internacionais por ano e um belo apartamento no bairro Centro Histórico de Porto Alegre. Ana tinha "pedigree". Fora bem educada pela mãe, uma impecável Hausfrau[1], e pelo pai, um general de quatro estrelas do Exército. A tradicional família Malmann, formada por imigrantes alemães, costumava dar nome a ruas, escolas e praças em sua cidade natal de Estrela, distante pouco mais de 100 quilômetros da capital gaúcha.

O marido de Ana Beatriz, Ricardo Araújo, era 12 anos mais velho. Embora não tivesse a mesma disciplina da esposa, ele também era adepto de exercícios físicos. Quando não estava viajando, costumava fazer musculação e correr na orla do Guaíba, duas ou três vezes por semana, o que o ajudava a manter o mesmo porte físico dos tempos em que fora jogador de futebol.

Naquela manhã eles mal se falaram. O final de semana na Serra, em Gramado, não tinha sido dos melhores. Haviam discutido por bobagem, um comentário político, mas o suficiente para criar uma pequena nuvem de silêncio provocada por diferenças ideológicas.

Mas a verdade é que se amavam. Enquanto Ana Beatriz estava às voltas com os preparativos da mochila da filha, que ainda dormia no quarto, Ricardo fazia a mala para mais uma viagem semanal a São Paulo. Na saída do apartamento, já no elevador, entreolharam-se como dois adolescentes envergonhados e desataram a rir. Depois do beijo, abraçaram-se e sacudiram-se com Letícia no colo dele, também sorrindo, sem entender muito bem aquele cômico tratado de amor e paz familiar. Era o último momento sublime dos três juntos.

---

[1] "Dona de casa" em alemão original.

Despediram-se com o elevador parado no saguão de entrada do edifício. Ela ainda desceria mais um andar até o subsolo para pegar o carro, enquanto ele corria da chuva com mochila e mala de mão a fim de apanhar o táxi que o esperava na portaria do prédio.

Os dois dias passariam logo, pensava Ana, e em breve eles estariam bebendo um espumante e fazendo amor na banheira. Era tão bom quando estavam bem. Os dias, mesmo plúmbeos como aquela segunda-feira, eram leves e fáceis de superar. Tinham um ao outro, não valia a pena discutir por coisas banais, perder tempo com o que por vezes roubava-lhes a tranquilidade. Ao estacionar, bem próxima à creche da Rua Coronel Fernando Machado, notou que um homem alto e elegante, com um guarda-chuva aberto, caminhava na calçada em sua direção. Parecia um rosto conhecido. Imaginou que fosse mais um pai que deixara o filho ou a filha na escolinha. Sem perceber, enquanto desprendia Letícia da cadeirinha no banco de trás do carro, o homem aproximou-se e bateu no vidro do caroneiro.

– Bom dia! Tudo bem? Está chovendo, posso ajudá-la? – perguntou ele, com um sorriso terno no rosto, que transparecia amabilidade e inspirava confiança.

Ana Beatriz entreabriu o vidro para ouvir melhor e também para agradecer a gentileza. Mas em uma fração de segundos, como se ele conhecesse cada detalhe e recurso do BMW X1, o homem de movimentos ágeis meteu o braço para dentro da porta e a abriu de forma brusca. Ela já não via o sorriso e a aparente atitude calma do cavalheiro educado, mas a truculência de um animal em fúria, que passava uma corda fina e rígida em seu pescoço. Em segundos, o pânico se apossou dela. Sentindo que o ar começava a lhe faltar, Ana Beatriz se debatia em desespero enquanto tentava voltar-se para proteger a filha – era tudo que lhe importava naquele instante. Já quase sem forças, em meio a movimentos acelerados e desordenados, o máximo que conseguiu foi soltar um grito gutural no momento em que bateu a cabeça com violência contra o vidro da porta do carro. Era o fim. A vida de Ana Beatriz Malmann se esgotava diante dos olhos frios e tenebrosos do psicopata. Sem ao menos virar-se para o banco de trás, o homem de casaco marrom pegou o guarda-chuva e saiu do carro como se nada tivesse acontecido.

Letícia, sozinha, chorava e chamava pela mãe morta de olhos abertos e petrificados.

DOIS

Quem dera fosse apenas mais uma manhã gelada de inverno na vida do delegado de Polícia Leonardo Werther. Costumava dormir pouco. Seus fantasmas ganhavam vida nos sonhos e roubavam-lhe o sossego nas noites de sonos intermitentes. Afeito às tecnologias, ainda muito cedo, sem sair da cama, lia no *smartphone* as principais manchetes dos jornais que assinava, o que naqueles dias acabava por deixá-lo mais deprimido que o costume. Sua rotina era quase sempre a mesma. Leituras, banho, uma xícara de café – e em pouco tempo já estava pronto para enfrentar o frio úmido de agosto. Seu apartamento ficava na Rua Flores da Cunha, muito próximo da estação do metrô de superfície que utilizava frequentemente. Em seu trajeto diário, costumava passar com satisfação nostálgica em frente a outra estação de trem, agora desativada, que virara museu. Agradava-lhe a sensação de convivência entre passado e futuro, lado a lado, em um mesmo espaço geográfico. Enquanto a estação do metrô tem uma imponente e fria estrutura de concreto, com pé direito alto, vigas de metal, catracas, escadas rolantes e monitores digitais de tevê, o Museu do Trem de São Leopoldo oferece vestígios de um passado longínquo, que contrasta com a evolução da modernidade ferroviária. Além de suas centenárias locomotivas e vagões, o museu preserva com cuidado a sua pequena e acolhedora estação construída em madeira nobre, uma charmosa réplica em estilo inglês vitoriano do século XIX.

Leonardo Werther conhecia um pouco da história de São Leopoldo. Sabia que a estação do museu andava perto de 150 anos desde sua instalação – a mais antiga e mais bonita do Rio Grande do Sul, cartão-postal da cidade. Lembrava que o acordo de preservação do local se dera a partir de uma parceria entre o poder público e a iniciativa privada. Em meio a tantos descasos culturais, como o famigerado episódio de não terem preservado a casa do escritor Machado de Assis, no bairro carioca do Cosme Velho, pelo menos nesse caso houve quem trabalhasse pela perpetuação da memória dos antepassados. Fora graças ao esforço sensato de algumas autoridades leopoldenses e de um ministro dos Transportes, defensor ferrenho da criação do Museu do Trem, que o projeto vingara. A justificativa do tal ministro traduzia-se numa frase contundente: "Não é preciso destruir o passado para se construir o futuro". Prova disso é que, hoje, o Museu do Trem forma uma bela simbiose na coabitação com a modernidade do Trem Metropolitano.

O delegado Werther gostava de caminhar até o museu. Aprazia-lhe, vez ou outra, escolher um banco naquele espaço aberto e arborizado que convida para uma viagem no tempo. Curiosamente, desde pequeno gostava de trens e ferrovias. Teve uma época, ainda menino, em que conhecia bem quem eram os fabricantes americanos e europeus das locomotivas que via nos filmes e seriados de televisão. Consciente ou inconscientemente ele escolhera morar ali perto e sentia-se satisfeito com isso.

Enquanto caminhava, deixando para trás o museu e as suas reminiscências, ele agora adentrava a estação do metrô e dirigia-se até a fila para pagar pelos bilhetes no guichê. Aos 57 anos, abdômen um pouco saliente, cabelos grisalhos e fartos, Leonardo não aparentava a idade que tinha. Havia nele um charme transmitido pelas feições do rosto, a barba por fazer e o sorriso tímido, que estranhamente harmonizavam com os olhos verdes e tristes. O despojamento no modo de vestir, embora discreto e elegante, indicava um pouco do seu permanente estado de espírito e falta de sintonia com o mundo.

A rota costumeira do trem urbano que utilizava inicia em Porto Alegre e cruza por São Leopoldo, na direção do município de Novo Hamburgo. Até alcançar seu destino final no sentido norte, em um trajeto de menos de 45 quilômetros, a linha do metrô atravessa quatro cidades. Vinte e duas estações estão estrategicamente distribuídas ao longo de seu percurso. Embora tenha sido idealizado em meados da década de 1970, o primeiro trecho da linha de superfície do Trensurb só virou realidade em 1985, quando começou a operar até Sapucaia do Sul. Com apenas 15 estações, a chegada do trem urbano fora um acontecimento que marcou época na região. Em sua inauguração, em março daquele ano, a população agraciada correu para ver e embarcar gratuitamente nos vagões elétricos que "estralavam" de novos, recém-chegados do Japão. Imponentes, os carros prateados e bem delineados, com listras vermelhas abaixo das janelas, brilhavam intensos em exposição ao sol. A novidade também mexeu com a rotina das cidades vizinhas. Houve quem se dispusesse a pegar ônibus para ir até uma das estações, a fim de não ficar de fora da histórica inauguração do mais novo transporte urbano. Na prática, o metrô chegara para reduzir o já conturbado fluxo de veículos na Rodovia BR-116 e também para oferecer uma alternativa de deslocamento que fosse rápida, barata e segura à população.

Demoraria ainda quase 30 anos para que a linha do metrô se estendesse e passasse a operar até Novo Hamburgo. Antes disso, porém, entre 1997 e 2000, entraram em funcionamento as estações da penúltima cidade da rota, São Leopoldo.

Foi no ano de 2001 que Leonardo Werther passou a locomover-se por meio do metrô. Quase duas décadas depois, ele seria incapaz de imaginar que, dentro de alguns dias, entraria angustiado e às pressas em um daqueles vagões para enfrentar a mais inesperada e aterradora investigação de sua vida.

O metrô já se aproximava quando ele saiu de seu habitual estado introspectivo ao avistar seu amigo João Pedro, chegando apressado na plataforma de embarque.

– Hoje foi por pouco. Quase perdes a hora e a conversa.

– A conversa é o de menos, o problema seria perder a hora – respondeu João, já esboçando um sorriso irônico e afetuoso enquanto trocavam um aperto de mãos efusivo.

João Pedro era um homem de fala suave, comedido, que costumava vestir ternos discretos e alinhados. Eram amigos há mais de 30 anos. Tinham praticamente a mesma idade e haviam cursado Direito juntos. Alguns dias na semana acontecia de pegarem o metrô no mesmo horário. Quando não estava em seu escritório em São Leopoldo, João gostava de chegar cedo ao trabalho, a fim de se preparar para o atendimento de seus clientes na cidade de Canoas. Embora tivesse assistentes, entregava-se com entusiasmo e confiança ao que fazia. Contudo, reservava o final de semana para passar com a família em seu sítio em Novo Hamburgo.

João sabia que Leonardo era inteligente e culto. Respondia com delicadeza e paciência, mas era enigmático e taciturno. Aguçava a curiosidade do interlocutor sem demonstrar interesse em estabelecer um diálogo sociável.

Em meio a um pequeno grupo de pessoas, eles entraram calmamente em um dos vagões, a tempo de garantirem lugares para seguirem sentados.

– Ainda bem que o trem não tem estado cheio ultimamente – disse João, sem esperar resposta.

– Efeito da crise. Se a economia do país estivesse aquecida, estaríamos viajando em pé e esmagados nesta hora da manhã.

– Concordo. E como tens passado?

– Bem, sobrevivendo entre escolhas e consequências, mas, pra ser honesto, acordei com um mau pressentimento.

– Também, o que esperas de uma manhã fria e cinza de segunda-feira?

– Verdade, pode ser isso – respondeu Leonardo com uma ponta de melancolia.

– E como está o caso das mulheres assassinadas? – Novamente sem esperar resposta, João Pedro emendou: – Fiquei pensando naquele menino de apenas quatro anos que viu a mãe ser estrangulada, e depois foi deixado sozinho no banco de trás do carro. O que não é diferente do caso anterior, mas menos traumático porque a criança estava dormindo na cadeirinha.

    O comentário de João Pedro soou como se uma corrente de força tivesse acendido e conectado todos os fios de uma ligação elétrica, trazendo à tona, por meio desses circuitos invisíveis, um mundo de imagens e lembranças reprimidas nos esconderijos do inconsciente do delegado Werther. Estivera em negação, pensou ele. O caso dos assassinatos a que o amigo se referira tinha a ver com sua própria história.

    No passado ele também tivera um filho. Fora há muito tempo, mais de 30 anos. Vivera um relacionamento conturbado que durara três anos. Eram muito jovens e discordavam em quase tudo. Certo dia ele chegou em casa e não a encontrou – Maristela tinha ido embora sem se despedir. Rio de Janeiro, diziam alguns. Santa Maria, diziam outros. A única tia dissera que não era nada daquilo: ela havia migrado com o filho deles e um novo namorado para o Uruguai. Por três anos ele procurou tanto quanto pôde. Isso o levou a estudar, fazer concurso e entrar para a Polícia. Sabia que, na condição de investigador, teria os recursos necessários para continuar sua busca. E assim o fez, até que um dia, amargamente, encontrou as respostas que tanto procurava: quase dois anos depois de ter ido embora, a mulher e o filho haviam morrido em um trágico acidente na BR-290, na altura de São Lourenço do Sul. O homem que estava na direção do veículo também morrera no local. A única sobrevivente fora a irmã do motorista. No Boletim de Ocorrência, ela havia informado que moravam em Pelotas, confirmando a identidade das vítimas. Estava tudo esclarecido: sua procura e sua esperança de reencontrar o filho encerravam-se ali. Impregnado de tristeza e dor, Leonardo mergulhara em um profundo estado de depressão. Com o passar do tempo, precisou seguir a vida, deixando que o luto decantasse no fundo da alma. De alguma forma, ele agora não apenas resgatava o próprio trauma, que o levava a acreditar que abandonara o filho, como acabava por associá-lo ao caso das crianças também vitimadas no banco de trás dos carros.

— Somente alguns indícios vagos, nenhuma pista concreta, mas como a investigação do caso está em curso, só posso dizer que tem pressão de tudo quanto é lado.

— Entendo. E além disso, o que te incomoda neste momento? — perguntou João Pedro, percebendo o já conhecido olhar distante do amigo.

O delegado Wherter deu de ombros e respondeu:

— Acho que me fizeste descobrir o motivo pelo qual estive relutante em ir para o trabalho nos últimos dias...

Seguiram a viagem em parcial silêncio. Vez ou outra, nesses trajetos, João narrava os casos civis nos quais estava trabalhando. Era um advogado respeitado por seu dinamismo e notável habilidade para encerrar conflitos judiciais e divórcios de forma amigável. Era capaz de estabelecer a paz em casos de litígios já anunciados, sobretudo quando as pendências a serem resolvidas envolviam a divisão de bens. Sua experiência de quase três décadas na profissão permitia-lhe medir a temperatura emocional das disputas e aplicar as palavras certas de conciliação, mesmo nas situações mais extremadas. Mas, naquela manhã, lembrou-se de contar algo diferente.

— Você que gosta de trens, sabe por que a distância entre os trilhos mede 143,5 centímetros? Ou, se preferir, 4 pés e 8,5 polegadas?

Leonardo nunca tinha pensado nisso e ficou surpreso com a pergunta, ao que franziu o cenho e devolveu a questão com curiosidade genuína.

– Por que não arredondaram para 150 centímetros, ou 5 pés?

– Concordo, isso seria mais lógico e mais adequado à indústria ferroviária. E também tem essa coisa do uso de diferentes unidades de medida em diferentes países. Se pelo menos arredondassem, ficaria mais fácil para todos. Mas acontece que, no início, quando construíram os primeiros vagões de trem, os construtores mantiveram as mesmas ferramentas utilizadas na fabricação de carruagens. As carruagens, por sua vez, tinham essa distância entre rodas porque as antigas estradas eram feitas com essa medida. Mas aí vem a pergunta: quem determinou a medida das estradas? Os romanos! Em algum lugar do passado, eles foram os primeiros e grandes construtores. Precisavam abrir caminho para os carros de guerra que eram conduzidos por dois cavalos. Colocados lado a lado, os animais da raça que usavam naquela época ocupavam 143,5 centímetros. Bingo! Enfim, seja o nosso modesto metrô de cada dia, seja o Eurostar que atravessa o Canal da Mancha, ou, lembrando agora, o charmoso Expresso do Oriente, todos eles têm essa influência romana. Aliás, eu li também que, quando os imigrantes foram para os Estados Unidos com o propósito de construir ferrovias, não tiveram a preocupação de pensar em modificar a distância entre os trilhos, mantiveram o padrão estabelecido. Pasme: isso afetou até os projetos de tanques de combustíveis dos ônibus espaciais. Os engenheiros da Nasa entendiam que esses tanques deveriam ser mais largos, mas como resolver o problema de transportá-los do Utah até o Centro Espacial na Flórida, se os túneis dos trens não comportavam algo diferente dos 143,5 centímetros? Resumindo, os americanos precisaram engolir o que os romanos haviam definido como medida ideal.

Leonardo olhou admirado para o amigo. Logo ele, que sempre tivera interesse e fascinação por trens, nunca havia parado para pensar nesse importante pormenor.

– Onde aprendeste tudo isso?

– Estava fazendo uma pesquisa na internet. Como sabes, uma coisa leva à outra e, quando se vê, as horas voam... Mas conversando com a minha filha, ela me disse que também leu sobre esta história em um livro do Paulo Coelho. Bem curioso, não é? Eu sabia que tu irias gostar.

– Achei bem interessante. Acima da média das tuas últimas histórias – respondeu o delegado com um sorriso curto e lento que começou em seus olhos.

Ao se aproximarem da Estação Canoas, João Pedro levantou-se.

– Vou ficando por aqui. Quando quiseres relaxar um pouco e beber um vinho, me avisa que eu peço para a Rosa preparar a lasanha quatro queijos que tu gostas.

Leonardo sacudiu a cabeça em positivo e respondeu lacônico:

– Combinado. Te cuida!

Leonardo Werther pensou um pouco na história da distância entre os trilhos dos trens, mas logo se perdeu em devaneios. Esforçou-se para recordar o nome de um filme de investigação a que assistira no final de semana. Inútil. Não estava bem. Ainda faltavam algumas paradas antes de seu destino final, na Estação Mercado. Olhou à sua frente, e um homem sentado a uma certa distância lia um jornal que estampava na capa a foto de uma mulher jovem e bonita, a mais recente vítima de um possível maníaco que andava à solta. Tratava-se de uma notícia que já havia ganhado não apenas as páginas dos jornais e redes sociais na internet, mas também maciços destaques sensacionalistas na tevê.

No lado de fora, uma chuva fina e um vento forte fustigavam impiedosos nas paredes dos carros do metrô. O céu cinza parecia ter tomado a forma de um imenso domo revestido de concreto. No lado de dentro do vagão, sentia-se o cheiro intenso das frenagens – resultado do contato da borracha úmida com os arcos de aço dos trilhos – que entrava pelas frestas das portas e janelas. A semana de inverno apenas começava em meio a um prelúdio frio e angustiante.

TRÊS

O prédio amarelo desbotado de dois pisos da 1ª Delegacia de Polícia de Porto Alegre fica na Rua Riachuelo, 603. A distância entre o Mercado Público e a delegacia é de pouco mais de um quilômetro, que o delegado Werther gostava de percorrer a pé com notável satisfação. Havia nele um enorme gosto pelo Centro Histórico da capital. Fosse andando pela Riachuelo, por onde podia avistar a Praça da Matriz, circundada pelos poderes Executivo e Legislativo, e também pela presença religiosa e cultural da cidade, representadas pela Catedral Metropolitana e pelo Theatro São Pedro, fosse pela Rua dos Andradas – a famosa Rua da Praia. Por ela, podia observar o comércio, o vai e vem diário e repetido das pessoas. Passar pela Praça da Alfândega, com seu mundo e submundo, ornamentados com monumentos e esculturas em meio à sombra das árvores. Mais adiante, deparava-se com a imponente Casa de Cultura

Mario Quintana, que no passado fora o glamouroso Hotel Majestic e também morada do maior poeta gaúcho. Sempre que por lá passava, o delegado Werther lembrava-se de uma ex-namorada que costumava acompanhá-lo até o café no terraço, na época em que o escritor Luis Fernando Verissimo se apresentava com seu grupo de jazz. Logo ao cruzar em frente à Igreja Nossa Senhora das Dores, a mais antiga da cidade, o delegado subia a pequena ladeira da Rua General Canabarro até alcançar a 1ª DP de Porto Alegre, na esquina com a Riachuelo.

Assim que entrou pela porta da delegacia, ele não precisou dar muitos passos para perceber o incômodo no rosto da inspetora Aline Gonçalves, que falava aflita ao telefone. Ao vê-lo aproximar-se, ela respirou fundo e terminou de tomar nota de alguma coisa, antes de desligar a chamada com um "até logo" apressado.

A investigadora Aline tinha 37 anos e estava na Polícia há oito. Estudara Psicologia, mas depois de alguns semestres acabou se decidindo pelo Direito. Morena de olhos verdes, cabelos pretos e longos (mas mantidos presos com um rabo de cavalo), ela usava jeans, tênis, camiseta e casaco de moletom. Os óculos discretos corrigiam os dois graus e meio de miopia. Somente um olhar atento perceberia o charme secreto escondido por detrás daquela máscara casual. Havia ali uma mulher bonita e atraente, nem alta nem baixa, incapaz de passar despercebida quando soltava os cabelos, colocava um vestido e calçava um salto – e não precisava ser muito alto. Mas essa era uma imagem que ela resguardava com a simples intenção de ser respeitada no trabalho.

– Temos mais uma vítima do mesmo assassino aqui na vizinhança. E parece já não haver mais dúvidas de que se trata de um *serial killer* – disse ela, sem tirar os olhos do papel que tinha nas mãos. E continuou. Dessa vez, com os olhos voltados para o delegado: – Exatamente o mesmo *modus operandi* empregado nas outras duas vítimas.

Leonardo suspirou fundo enquanto passava a mão no rosto. Em ato contínuo, ele esticou o braço direito para ajeitar os cabelos desalinhados e úmidos com os últimos pingos da chuva.

– Bom dia, Aline. Tem muita gente aqui na recepção. Vamos entrar e conversar na minha sala. Onde está o Cláudio?

– Ele se atrasou por conta do trânsito. Ligou há pouco dizendo que está a caminho.

Durante algum tempo, Aline fora forçada a deixar de lado seu código de ética quando descobriu – e teve de omitir da Polícia – que o então marido, Gustavo Toledo, era dependente inveterado de cocaína e contrabandista de carros de luxo para o Paraguai. Entre as idas e vindas no casamento, enquanto ela ainda não havia descortinado inteiramente o lado obscuro do ex-companheiro, tivera um caso intempestivo com o delegado Werther. Isso acontecera quando Aline pertencia à Divisão de Perícias e ele ainda não era seu superior. Fora um tempo calmo no qual ela se sentia feliz e protegida. Chegara a amar o delegado, admirava-o demais, mas preferiu afastar-se dele quando soube que estava grávida. Desde então convivia com um enorme conflito interno, alimentado pela incerteza sobre quem era o verdadeiro pai de seu filho.

Passados quase quatro anos, mesmo ainda tendo que lidar com eventuais encontros com o ex-marido, e ainda por cima tendo que manter escondido seu segredo e os sentimentos pelo chefe, ela agora tentava recomeçar sua vida amorosa ao lado de William, um homem dois anos mais jovem do que ela. Conhecera-o meses antes, no 60º aniversário de Teresa, mãe do colega Cláudio. William era amável, educado e bem-sucedido no mercado imobiliário. Tornara-se amigo da família desde que ajudara Teresa a encontrar o novo apartamento no bairro Moinhos de Vento. A ideia de apresentá-lo à Aline partira da advogada Júlia, namorada de Cláudio e cujo escritório havia passado a realizar trabalhos de consultoria jurídica para a imobiliária de William.

Eles ainda estavam se conhecendo. Aline sentia-se bem ao lado do novo namorado, e era isso que importava. Melhor não fazer planos, ela pensava, mas se fosse mesmo continuar com William, contaria a ele suas dúvidas quanto à paternidade de Lucas. Ele era compreensivo, tinha certeza de que a apoiaria a fazer um teste de DNA a fim de acabar com um tormento que já durava anos e que ela guardava para si. Em outros momentos, como naquele final de semana em que foram ao cinema, talvez devido a uma cena do filme a que assistira, Aline conjecturava consigo mesma que o melhor seria fazer um teste em sigilo. Era muito cedo para ser honesta demais com um homem que só conhecia há três meses. Ela tomaria providências, afinal de contas, não era justo com ninguém, principalmente com Lucas.

Enquanto se dirigiam ao gabinete, notaram a chegada a passos largos do comissário Cláudio, que os cumprimentou com um lacônico bom-dia, ao mesmo tempo que tirava o sobretudo e acompanhava o delegado até o fundo da sala, para pendurarem os casacos úmidos no cabideiro vertical.

Perto de completar 40 anos, o comissário Cláudio Saenger era um homem de aparência tímida e reservada, porém um observador perspicaz e excêntrico fã de *rock'n'roll*. Filho único, sentia-se responsável pela mãe, motivo que o levara a morar com ela depois que o pai falecera. Mas costumava sair cedo e retornar tarde, uma rotina estoica desde que entrara para a Polícia. Quando estava em casa, quase sempre trancava-se no quarto para relaxar ouvindo música em volume máximo. Havia mais de 20 anos, depois que sofrera um trauma, que esse passara a ser seu hobby preferido. Rolling Stones, Nirvana, Joy Division e Pink Floyd estavam entre suas bandas favoritas. Ultimamente distanciara-se ainda mais da mãe após ter reencontrado Júlia, uma namorada dos tempos em que cursaram Direito na UFRGS[2].

Cláudio assumia para si mesmo que tinha dificuldades de se abrir, falar de suas angústias, traumas e dramas profissionais. No fundo, pensava ele, não queria envolver outras pessoas naquele submundo perverso que invadia a delegacia diariamente. Há mais de uma década na Polícia, sabia que precisava de ajuda. Talvez uma terapia fosse a melhor alternativa para organizar as coisas dentro dele, diminuir o seu tormento, mas sempre tinha uma desculpa para cada uma das vezes em que pensava em pegar no telefone e marcar consulta com um psicanalista. Nos últimos meses, contudo, ele vinha encontrando apoio em Júlia. Mesmo evitando entrar em detalhes sobre seu trabalho, sentia que ela se esforçava para entendê-lo quando estavam juntos, trazendo momentos de alívio à sua estafa emocional.

Fora um tolo e egoísta, cobrava-se ele, quando anos antes disse a ela que não pensava em casar e tampouco pretendia ter filhos. Magoara-a profundamente e isso havia sido o motivo do rompimento de ambos, uma ferida delicada na qual, desde que se reencontraram, estavam evitando mexer. Ele sabia que em algum momento precisariam quebrar

---
2 Universidade Federal do Rio Grande do Sul.

o silêncio – não era possível que um novo muro invisível e intransponível se criasse e os separasse novamente. Contudo, além de tentar encontrar forças para reconquistá-la, Cláudio sabia que ainda teria que lidar com a aversão que os pais dela sentiam em relação a ele.

– Muito bem – disse o delegado Werther, antes de puxar a cadeira e se sentar com os olhos voltados para seus assistentes. – O assassino não brinca em serviço. Estamos entrando na terceira semana do mês, e o que conseguimos apurar até agora? Três assassinatos praticados por esse psicopata! No entanto não temos suspeito, nem uma mísera pista desse homem. Em suma, além da pressão dos superiores e da sociedade, o que é legítimo, não temos nada! Estamos tateando totalmente no escuro!

Numa investigação de homicídio, as primeiras 12 horas de busca são cruciais. Se durante esse período nenhuma pista concreta ou um suspeito forte for identificado, a probabilidade de sucesso começará a diminuir a cada dia que passa. Era mais que compreensível que aquilo tudo parecesse um pesadelo para todos eles.

– Quem encontrou a vítima? – questionou o delegado depois de respirar fundo. Sua angústia era evidente.

– Um casal que levava o filho na escolinha na Rua Coronel Fernando Machado. Estava chovendo e ouviram uma criança chorando dentro de um carro com um dos vidros aberto. Imediatamente ligaram para o 190 da Brigada Militar. Por sorte tinha uma viatura que passava próximo dali naquele momento. Depois de perceberem que a mulher estava morta, a primeira coisa que fizeram foi isolar com cuidado o local do crime. Os agentes da Brigada precisaram retirar a menina do carro para acalmá-la e a levaram para a creche. As professoras a reconheceram de imediato. A mãe se chamava Ana Beatriz Malmann e morava aqui no bairro. O pai da menina chama-se Ricardo Araújo, empresário no ramo dos esportes, acabou de embarcar para São Paulo. Foi o que apurei no aeroporto, depois de a diretora da escolinha me informar que ele costuma viajar sempre no início da semana. Assim que desembarcar no Congonhas, uma equipe da Polícia Federal irá informá-lo sobre o horrendo assassinato da esposa – disse Aline, levantando os olhos do bloco de anotações.

– Presumo que já tenhas ligado para os teus amigos peritos, correto? – perguntou o comissário Cláudio, enquanto Leonardo Werther fazia-se a mesma indagação.

– Sim, é claro, eles já chegaram lá faz alguns minutos. Informei-os de que já estávamos a caminho.

O protocolo da equipe das perícias, invariavelmente, consiste em fotografar o local do crime, colher dados, digitais e todas as supostas pistas, por mínimas que possam parecer. Mesmo que em muitos casos não sejam visíveis a olhos destreinados, elas certamente terão boas chances de ser desvendadas pela análise dos peritos forenses. As impressões digitais muitas vezes podem ser localizadas em locais bem inesperados. Se for em vidros serão as melhores, mas improváveis de ser encontradas lá. Além disso, precisam estar limpas e secas – se há poeira, as impressões ficam borradas. Contudo, não era o caso naquela manhã chuvosa.

– Então, o que estamos esperando? A partir de agora eu quero acompanhar mais de perto – falou o delegado, levantando-se da cadeira.

Os assistentes entreolharam-se e, antes que ficasse qualquer mal-entendido, Leonardo rapidamente complementou:

– O fato de eu querer participar ou estar mais envolvido não quer dizer que estou destituindo o chefe da investigação

– disse ele com um meio sorriso rosto, transmitindo uma mensagem tácita e conciliadora ao comissário.

Embora não fosse a primeira vez que ele participava pessoalmente de uma investigação, não era comum um delegado de Polícia envolver-se nesse tipo de diligência de campo. Geralmente isso ficava a cargo do comissário Cláudio. Mas dado o terror generalizado na capital dos gaúchos, além da pressão que ressoava por todos os lados, Leonardo Werther decidira, a partir daquela manhã, estar presente em cada passo do esquadrinhamento investigativo e caça ao assassino.

Na saída da delegacia, no entanto, a imprensa os aguardava à procura de informações. Repórteres de diversos jornais impressos e da tevê esperavam por uma declaração alentadora do delegado Werther, o homem misterioso e de poucas palavras.

– Estamos envidando todos os esforços na busca por esse maníaco. É tudo que posso informar no momento – declarou ele sem muito entusiasmo. Era vergonhoso imaginar que, há três semanas, corriam contra o tempo e sequer tinham uma pista que pudesse levar ao assassino.

Mas o delegado era tarimbado. Embora não fosse uma regra escrita, ele sabia que entre as boas práticas investigativas residia a necessidade de retardar ao máximo qualquer informação à imprensa, a fim de não estragar o elemento-surpresa. Contudo, desta vez, não havia mesmo nada a dizer.

Antes de descer a calçada, Leonardo olhou para cima de cenho franzido e viu que nuvens enviesadas e escuras insistiam em encobrir o céu de Porto Alegre.

QUATRO

Enquanto caminhava, o psicopata celebrava em silêncio a própria astúcia. Matar fazia-o sentir-se calmo, inebriado e poderoso. As trevas dentro dele ficavam sob controle quando conseguia saciar aquela sua deformidade afetiva, colocando para fora toda a sua raiva e sua sede de vingança, escondidas nas entranhas de sua alma. Planejara tudo em minúcias. Foram anos aprimorando sua técnica manipuladora. Por meio de seus ardis, transformara-se num mestre na arte de sutilmente subjugar as pessoas à sua volta. Como era fácil seduzir e dominar suas vítimas, ele pensava, despertando-lhes piedade ao mesmo tempo que se aproveitava de suas fragilidades e carências.

Fora criado em um ambiente harmônico. Os pais lhe deram carinho e boa educação, mas eram incapazes de perceber sua insensibilidade por trás da máscara que usava. Era como se ele conhecesse e, conscientemente, desde muito cedo, fizesse uso do conceito de persona de Jung. Sempre fora um grande ator. Cercado de mimos e cuidados, poderia ter reprimido a fera dentro de seu âmago e ter crescido como um psicopata abúlico. Entretanto, as circunstâncias e a sede de matar mostraram-se mais fortes. A mulher de hoje pela manhã era bonita, refletiu, mas não havia alternativa senão morrer e pagar o preço. Cedo ou tarde ela abandonaria o filho ou a filha, por isso ela precisava ser executada como as demais. Tratava-se de um acerto de contas. Estava dando uma lição na sociedade e escolhera com cuidado as pessoas que queria atingir.

Ao atravessar a rua, o psicopata pensou como seria a reação da Polícia quando encontrasse o bilhete que deixara de propósito dentro do carro de sua nova vítima. Eram todos uns tolos. E ele os colocaria de joelhos. Cada vez que matava, a compulsão dentro dele ficava ainda mais forte. Desta vez, não esperaria uma semana para atacar novamente. Eles que se preparem – tudo estava saindo exatamente como planejara.

CINCO

Aglomerados junto ao cordão de isolamento, muitos curiosos observavam atentos a cena do crime quando o delegado e seus investigadores pediram licença e se aproximaram do BMW de Ana Beatriz. Um agente da perícia caminhou nervoso na direção deles.

– Bom dia, delegado – disse ele, sem disfarçar a surpresa de ver Leonardo juntamente com os investigadores na cena do crime.

– Bom dia, Felipe. Estes encontros entre nossas equipes nunca foram tão rotineiros como têm sido nas últimas semanas.

– Verdade, mas desta vez o nosso sociopata deixou uma surpresinha dentro do carro. – E nisso Felipe estendeu um bilhete protegido por um invólucro plástico ao titular da 1ª DP.

**Olá, senhores,
em dois dias outra mulher morrerá!**
Media vita in morte sumus.
Bom trabalho!

Intrigado, Leonardo olhou diversas vezes para aquele pedaço de papel que tinha em mãos e um turbilhão de perguntas eclodiu em sua cabeça. O que significava aquela mensagem em latim? Além de tudo, existia a promessa de que em 48 horas outra mulher morreria... Será que o assassino falava sério ou simplesmente estava debochando da cara deles? Depois de alguns instantes, perturbado, repassou o bilhete para Aline, que até então tentava ler a expressão de perplexidade em seu rosto.

Cláudio examinava o interior do carro ao mesmo tempo que Felipe lhe transmitia algumas informações. Enquanto isso, dois outros agentes da Divisão de Perícias que saíam da creche vieram na direção de Werther.

– Parece que o nosso assassino em série está ficando cada vez mais ousado, não é mesmo, delegado? – perguntou o comissário Paulo Vasconcelos, velho conhecido de Leonardo.

– Olá, Paulinho. – Era um homem pequeno, de voz estridente e movimentos rápidos, mas um policial perspicaz e competente. – Vocês colheram mais alguma pista? Além da contagem regressiva que nos foi imposta, temos mais alguma coisa para ajudar no rumo das investigações?

– Infelizmente não, delegado. Nem câmera, nem transeuntes, nem nada. Ele é meticuloso, só ataca onde está seguro de que não há ninguém por perto vigiando. Além disso, já deve estar familiarizado com o bairro. Sabe esgueirar-se muito rápido sem ser notado. Chegamos a suspeitar de que esse maníaco conheça suas vítimas, mas na perícia de hoje ficou quase que patente que foi ele quem abriu a porta do carro com indícios de truculência. Os borrões deixados comprovam que o homem usava luvas cirúrgicas. Havia marcas da mão esquerda quando forçou para baixo o vidro do automóvel, enquanto que, com a mão direita, ele flexionou duas vezes para fora a pequena maçaneta da porta do veículo, quase a quebrando. Aparentemente ele não estava nervoso, só não tinha tempo a perder. Isso nos leva a crer que se trata de um predador metódico e paciente, que não escolhe sua presa ao acaso. Primeiro avalia bem o terreno, os pontos cegos das ruas, o horário mais conveniente, o modelo do carro para saber como abri-lo etc. E, claro, as vítimas precisam estar enquadradas em seu padrão: mães que trazem seus filhos pequenos na escolinha. Enfim, com exceção desse bilhete de hoje, seguimos com total ausência de pistas. Assim que tiver mais alguma informação, lhe telefono.

– Tudo bem, Paulinho, obrigado por enquanto. Nós vamos entrar e conversar um pouco com as professoras da creche – disse o delegado, voltando-se para seus auxiliares, que ainda falavam com os agentes que cobriam o carro com uma lona plástica branca, até que pudessem levar o corpo de Ana Beatriz Malmann para o IML.

Mesmo abalada, enquanto tentava lidar com o clima de tensão e terror velado entre as crianças, professoras e funcionárias, a diretora da escolinha fez questão de receber o delegado e sua equipe. Revelou em poucas palavras que Ana Beatriz era uma mãe participativa, estava sempre presente nos eventos que faziam ali e vivia com um sorriso bonito no rosto. Custava-lhe acreditar naquele pesadelo pelo qual passavam.

A conversa não trouxe nada de novo ao que já sabiam, contudo, já se despedindo, a diretora acrescentou:

– Delegado, eu não sei se é apenas uma coincidência, mas fiquei cismada com uma coisa. Vinha acompanhando os outros casos e, pelo que escutei e conversei com colegas das outras creches, as demais mães assassinadas tinham mais um ponto em comum com Ana Beatriz: elas nunca se atrasavam, eram extremamente pontuais em seus horários, quase sempre as primeiras a chegar. Eu falo isso porque, nessa vida louca que levamos, é bem comum acontecerem atrasos na hora de deixar e vir apanhar as crianças; portanto, o que deveria ser trivial acaba chamando nossa atenção.

– Entendo e acredito que isso seja mesmo uma informação relevante. Agradeço muito por sua contribuição, senhora... – disse o delegado, no mesmo instante em que sua expressão facial denunciava que ele havia esquecido o nome da diretora.

– Laura! Laura Duarte – disse ela, compreensiva. – E o senhor é o delegado Wert..., Wertherr, ah, sim! Wertá, não é mesmo? – questionou a diretora, olhando com curiosidade para o cartão do homem de sobrenome germânico à sua frente.

– Exatamente. Pronuncia-se "Vérta" – falou Leonardo em tom cordial.

– O senhor não parece de origem alemã, mas tudo bem. Muitos de nós gaúchos somos miscigenados e o que nos sobra é o sobrenome – disse ela assim que voltou os olhos para Leonardo.

Em pé, em um canto da sala, Aline fazia anotações enquanto Cláudio falava ao telefone no lado de fora, próximo do portão da saída.

Ao saírem, Laura puxou o delegado pela mão, na direção oposta da porta. Foram até uma sala e ela apontou o dedo indicador.

– O senhor está vendo aquela menininha sentada, de casaco rosa, no colo da assistente social? – Depois de respirar fundo, a diretora continuou: – O nome dela é Letícia e demorará muito tempo até que passe o trauma que ela viveu hoje, sem falar que nunca mais verá a mãe. Delegado, não sei se o senhor tem filhos, mas eu lhe faço um apelo em nome dela e em nome das outras crianças: por favor, prenda esse assassino!

Leonardo Werther parou de olhar para a menina e virou os olhos marejados para o chão, sem perceber que Aline o observava atentamente. Da posição em que estava, paralisada, Letícia mirava a rua através do vidro da janela, sem entender que não era apenas o dia nublado que tornava aquela manhã tão triste – parte de seu mundo havia ruído para sempre.

SEIS

Existe um território conhecido como País-bandido. Oficialmente ele não consta no mapa, mas na prática está longe de ser uma abstração. Pelo lado brasileiro, sua extensão faz fronteiras movediças com cinco estados, começando pelo norte do Rio Grande do Sul. Na mesma proporção de terra, o País-bandido avança pela Argentina e Paraguai – país marcado por uma duradoura e corrupta ditadura. Adicionalmente, longas disputas de fronteira e conflitos armados foram decisivos para que emergissem e prosperassem diversas organizações criminosas naquela região. No País-bandido, além das línguas oficiais, fala-se o xiru – mistura do espanhol com português e guarani –, idioma informal que Gustavo Toledo, traficante de carros de luxo, falava fluentemente.

Durante muito tempo, devido aos tentáculos remanescentes da ditadura de Alfredo Stroessner, o Paraguai ficou conhecido como um profícuo celeiro de receptação de carros furtados no Brasil. Em Assunção, operava a indústria que legalizava os automóveis recebidos do país vizinho. Surfando nessa onda, sob a desculpa de prestar serviços para a Usina Hidrelétrica de Itaipu – a maior do mundo, situada entre Brasil e Paraguai –, o ex-marido de Aline conseguiu fazer uma pequena fortuna com os veículos de luxo roubados que recebia e levava sob encomenda de Porto Alegre para o Paraguai. Essas incursões, no entanto, o fizeram mergulhar fundo no mundo das drogas, quando também passou a comercializar a cocaína que muitas vezes entrava como moeda de troca na Tríplice Fronteira. Depois que a mulher o deixara de vez, ele internou-se por três meses numa clínica de tratamento para dependentes químicos. Apesar disso, lá dentro, sua mente perturbada começou a ocupar-se de querer punir o mundo e as pessoas pelas próprias frustrações. Embora tivesse planos de livrar-se do vício – o que nunca conseguiu –, não pretendia deixar o negócio lucrativo das drogas, sobretudo depois que conseguiu aliciar outros dependentes que conhecera na clínica de recuperação. Desde então ele gerenciava suas operações sem precisar viajar por longos períodos, o que lhe dava certa disponibilidade.

Gustavo odiava Aline desde o dia em que passou a desconfiar que talvez não fosse o pai do bebê que ela estava esperando. Entretanto, naquele período em que tinham reatado, ele decidira que não a confrontaria. Resolvera assumir a paternidade como uma forma de continuar casado e próximo à mulher que, de alguma forma, podia ajudá-lo quando julgasse necessário.

Apesar de ter sido um caso rápido, ele sempre soube do envolvimento de Aline com o delegado Werther. Seguiu-os algumas vezes quando iam comer sushi no Mercado

Público, e outras vezes quando embarcavam abraçados no metrô, na direção de São Leopoldo. Detestava a mulher que o traíra e o delegado que a seduzira, contudo mantinha-se em silêncio até que fosse possível vingar-se de ambos. Já não interessava que não estivessem mais juntos, pensava ele, aquela cadela desalmada arrumou agora um garotão bonito e bem-vestido, mas escondia dela mesma que ainda gostava do velho grisalho com olhar de peixe morto. Ela não resolvia os problemas que criava, apenas empilhava-os. *Nem parecia uma investigadora da Polícia, sempre me subestimou, sem saber quem de fato eu era.* Deixei que a "Madre Teresa" acreditasse que eu era um néscio – ela gostava disso, tinha prazer em proteger os fracos e oprimidos. E sentia-se culpada por não saber exatamente quem era o pai de seu filho.

Gustavo recordava-se do dia em que encontrara na bolsa de Aline um envelope com papéis de uma clínica de testes de DNA. Entendera tudo, mas não dissera nada a ela – sabia que, cedo ou tarde, descobriria. Haveria um severo acerto de contas. Aliás, ele já estava atormentando-a e fazendo-a sofrer. Mas era só o começo – ela e o delegado não perdiam por esperar. Enquanto isso, ele precisava cuidar de outras coisas mais urgentes. Agora que a mulher de fato o deixara, já não podia contar com o diferencial de ser marido de uma policial. Não que isso significasse muita coisa em termos práticos, mas o crime organizado para o qual trabalhava pensava que sim. Era bom que pensassem. Era como se enxergassem ali uma forma de proteção caso algo saísse errado em alguma parada obrigatória. Tratava-se de uma vantagem competitiva no negócio que ele realizava com maestria. Suas habilidades e experiência, associadas às boas relações com os agentes alfandegários e com a Polícia Federal faziam dele um superespecialista no mercado em que atuava.

Mesmo sem entender muito bem o que sentia por Aline, Gustavo precisava mantê-la por perto, como um esconderijo, uma válvula de escape que, por enquanto, não atrapalhava seus planos. Na hora certa ele tiraria o filho dela.

SETE

O retorno até a delegacia ocorreu em quase absoluto silêncio, apenas quebrado quando Leonardo atendeu a uma chamada telefônica do comissário Vasconcelos, da Divisão de Perícias:

– Delegado, encontramos um fio de cabelo curto e preto entre a porta e o banco do caroneiro. A mãe e a filha já estão descartadas, mas caso não seja do marido da vítima, pode muito bem pertencer ao assassino. Estamos levando para a análise de nossos peritos forenses no IGP[3], e com uma boa dose de sorte, logo teremos alguma indicação.

– Ótimo, mantenha-nos informados – disse o delegado antes de desligar o telefone celular, que se encontrava no viva-voz para que o comissário Cláudio e a agente Aline também ouvissem.

---
3 Instituto Geral de Perícias.

Em questão de segundos, enquanto caminhavam, Aline acessou as redes sociais do casal Ana Beatriz e Ricardo Araújo. As fotos da simpática família arquivadas no Facebook não deixavam dúvidas: eram todos loiros.

– Muito bem – disse Leonardo Werther –, é possível que tenhamos uma pequena pista. Na pior das hipóteses teremos uma ideia da idade desse psicopata – isso se o fio de cabelo for dele, claro.

Na chegada à 1ª DP, eles se dirigiram à sala do delegado. Era preciso que olhassem juntos para o mapa do Centro Histórico a fim de que avaliassem o perímetro e os pontos no bairro onde ocorreram os assassinatos. Corriam contra o tempo.

– Já sabemos que esse maníaco tem um método para escolher e matar suas vítimas. O porquê de ele ter resolvido brincar conosco ainda é uma incógnita, mas é fato que ele tem circundado nossa delegacia – disse o delegado, com as mãos na cintura e os olhos voltados para o quadro à sua frente.

– Os dois primeiros assassinatos poderiam ter sido apenas coincidência geográfica ou simples facilidade de estar próximo ao centro da cidade e poder esgueirar-se sem ser notado em meio às ruas movimentadas, porém agora já está claro que ele tem uma predisposição a atacar em nosso entorno – disse Aline enquanto assinalava três pontos no mapa, com marcador fluorescente.

– Vou colocar mais dois agentes para reforçar a investigação junto aos bares e outros estabelecimentos comerciais na vizinhança. Além disso, irei oficiar a Brigada Militar para que eles possam ficar fazendo uma ronda preventiva e ostensiva no bairro. Esperemos também que a câmera de algum prédio possa ter registrado alguém suspeito, sem falar no olhar atento dos moradores aposentados que circulam aqui no bairro. Nos dois casos anteriores não tivemos sucesso, mas com este último assassinato pode ser que a memória dos moradores esteja mais aguçada – disse o comissário Cláudio, enquanto fotografava o mapa riscado na parede.

– Muito bem, Cláudio, estou de acordo. Mas prefiro que você coordene pessoalmente este trabalho e que coloque seus homens de campana em pontos separados nas proximidades das escolinhas do bairro. São mais de dez, portanto não temos agentes para tudo isso. Irei requisitar mais apoio policial às demais delegacias, e creio que ainda hoje teremos esse reforço. Meu palpite é escolhermos as creches que estão dentro desta circunferência, próximo à delegacia, o que acham? – perguntou o delegado, fazendo um círculo no quadro à sua frente.

– Concordo – disse o comissário –, mas por quem devemos procurar se não temos uma descrição física do nosso psicopata?

– Boa pergunta – assentiu Aline com um movimento de sobrancelhas.

– Meus caros, apesar de ainda não existir um retrato falado do suspeito, temos câmeras fotográficas digitais que, em abundância, podem registrar todo e qualquer movimento de algum sujeito observando a rua, os pontos cegos, transeuntes, o que quer que seja. Assumindo que ele tem cabelos pretos, qualquer homem bem apessoado, digamos que entre 30 e 40 anos, pode ser o nosso. Sei que ainda estamos trabalhando no escuro, mas por enquanto precisamos nos agarrar ao que é possível fazer antes que ele ataque novamente.

Depois disso, Leonardo Werther virou-se para Aline.

– Quero que visite o máximo de escolinhas do bairro e converse com as diretoras, professoras e recepcionistas.

Averigue quem são as mães mais assíduas no horário da manhã, que chegam antes de aumentar o movimento na rua. Essas podem ser as mulheres mais visadas pelo assassino. E o mais importante: verifique se não notaram a presença de algum desconhecido ou suspeito circulando próximo ou nos arredores, quando chegam ou saem do trabalho. Sei que se trata de uma busca em território árido, mas, por mínima que seja, não podemos menosprezar qualquer pista ou informação.

– O maníaco prometeu atacar daqui a dois dias... Não iremos comunicar a impressão? – disse Aline, já imaginando qual seria a resposta.

– Não podemos causar pânico. E talvez seja isso mesmo que ele queira – respondeu Cláudio, voltando-se para o delegado.

– Vamos aguardar até amanhã, mas não acredito que ele esteja blefando.

Ao finalizar, o delegado pediu licença para despachar as formalidades geradas no final de semana, que se acumulavam em sua mesa – o restante do dia seria dedicado ao que ele menos apreciava no trabalho: burocracia. Entretanto, assim que seus auxiliares o deixaram sozinho, Leonardo Werther recostou-se na cadeira, fechou os olhos e respirou fundo por algum tempo. A imagem desoladora da menina misturava-se em sua cabeça às das demais crianças órfãs, cujas mães o psicopata lhes roubara. Sem perceber, seu último pensamento emergiu involuntário, em voz alta, seguido de um murro na mesa, que soou ainda mais ruidoso na sala vazia da delegacia:

– Assassino! Filho da puta! Tu vais pagar bem caro por todos esses crimes!

OITO

Naquela noite, ao sair da delegacia, Leonardo Werther olhou para cima e avistou algumas estrelas esparsas no céu. O vento minuano obrigava-o a colocar o cachecol, as luvas e a fechar bem o casaco. Embora o frio tivesse ressurgido implacável e cortante, as nuvens de chuva haviam deixado Porto Alegre. Enquanto caminhava na calçada úmida da Rua dos Andradas, na direção da estação do metrô, notou que alguém o vigiava a certa distância. Aquilo não era novidade: ao longo de sua trajetória na Polícia, aprendera a reconhecer quando estava sendo seguido ou mesmo observado por algum intimidador indiscreto. Mas aquele não era um desses casos, pensou ele. Parecia alguém familiar. Contudo, dado o desgaste emocional e as circunstâncias singulares das últimas semanas, o delegado já não sabia mais se seus instintos estavam certos ou se era apenas uma paranoia infundada que se formara nos subterrâneos de seu inconsciente.

Com todos os sentidos apurados, no momento em que atravessava o Largo Glênio Peres, já quase chegando ao Mercado Público, ele olhou de soslaio à esquerda e, por trás da *Fonte Talavera de La Reina*, o bonito chafariz espanhol em frente ao prédio da Prefeitura, vislumbrou a mesma figura que o acompanhara desde próximo à Igreja Nossa Senhora das Dores, na Rua dos Andradas. Ainda não estava enxergando moinhos de vento em forma de monstros – aquela suspeita era mesmo real. Quem poderia ser? Era o mesmo vulto que o seguira por mais de um quilômetro, mas pelo casaco preto e o uso do capuz, não dava para afirmar se era homem ou mulher. Além do mais estava muito escuro em todos os pontos nos quais conseguira divisar aquela mesma silhueta. Na passagem pela lateral do Mercado, na Rua Borges de Medeiros, o delegado percebeu que havia sido invadido pelo habitual cheiro de peixe do local. Enquanto procurava desviar da multidão que transitava indiferente e apressada em meio ao som de buzinas e aos gritos dos ambulantes, formando um típico e frenético cenário urbano na hora do corre-corre de final de dia, ele entendeu que a pessoa que estivera em seu encalço não iria acompanhá-lo no metrô até São Leopoldo.

Quando passava pelo túnel que dá acesso à estação, já próximo às catracas em que se insere o bilhete, ele reparou, à esquerda, que um grupo de músicos com voz, violões e bateria entoavam a música *Horizontes*. A bela canção, composta por Flávio Bicca para a peça *Bailei na Curva*, no início dos anos 1980, representava um pouco da alma de Porto Alegre, pensava Leonardo, como se realmente fosse o hino afetivo e extraoficial da cidade. Mas agora, infelizmente, aquela melodia nostálgica de ideal romântico contrastava com a agonia torturante que o delegado carregava dentro de si.

Leonardo respirou fundo quando conseguiu sentar-se encostado a uma das paredes laterais do vagão antes de o trem arrancar. Diferentemente de poucos minutos antes, agora havia bem menos ruído. A maioria das pessoas estava absorta em seus aparelhos celulares e fones de ouvido. Algumas outras, compenetradas, apenas olhando algum ponto perdido no vazio ou a vida que passa na janela, como um filme de luzes rápidas, embaladas pelo chacoalhar do carro do metrô.

Aqueles crimes horrendos e até então insolúveis, pensava o delegado, revelavam toda a sua impotência, enquanto o psicopata parecia zombar da cara deles, divertindo-se à custa da dor, do medo e do sofrimento por ele causados. Naquele momento, ele retirou a luva da mão direita e, do bolso das calças, puxou uma cópia do bilhete deixado pelo assassino.

Olá, senhores,
em dois dias outra mulher morrerá!
Media vita in morte sumus.
Bom trabalho!

O que não estou percebendo? – perguntou-se o delegado. No meio da vida, na morte estamos. Era a tradução livre que fizera da frase em latim. Em uma busca na internet, o delegado descobrira que *Media Vita In Morte Sumus* era também o título de um canto gregoriano católico do século IX. Embora não fizesse muito sentido, Leonardo dera-se ao trabalho de traduzir à mão e sublinhar alguns versos, na mesma folha de papel que copiara a mensagem:

<u>No meio da vida, na morte estamos</u>
<u>A quem pediremos ajuda</u> / *Senão a Vós, Senhor / Que*

por nossos pecados / Justamente Vos irais / Deus Santo, Deus Forte / Deus misericordioso Salvador / <u>Não nos arraste uma morte amarga</u> / Em vós esperaram nossos pais / Esperaram e Vós os salvastes / <u>Em vós clamaram nossos pais</u> / <u>Clamaram e não foram confundidos</u> / Não nos arraste uma morte amarga / Glória ao Pai, ao Filho e ao Espírito Santo / Deus Santo, Deus Forte / Deus misericordioso Salvador / Não nos arraste uma morte amarga.

Onde estava a chave daquele mistério? Em dois dias outra mulher seria assassinada... Que charada obscura podia estar escondida em um canto gregoriano com mais de mil anos? Provavelmente nenhuma. Ele queria trazer um pouco de luz àquele enigma, mas nada parecia fazer sentido. Quem dera fosse possível entrar na alma de um homem e descobrir tudo que ele tivesse em mente, pensou o delegado.

Sua estação se aproximava. Quarenta e dois minutos haviam se passado e ele não conseguira tirar os olhos do papel rabiscado que tinha em mãos. Sentia-se como se estivesse preso em uma camisa de força. O jogo de quebra-cabeça estava espalhado sobre a mesa, entretanto Leonardo não conseguia movimentar os braços para que fosse possível mexer as peças e deslindar o mistério. Estava esgotado, reconheceu. Precisava de um banho quente e algum estímulo para reorganizar seus pensamentos.

NOVE

Assim que entrou em seu apartamento, na Rua Flores da Cunha, Leonardo Werther abriu uma garrafa de vinho, e em seguida ligou para encomendar uma pizza. O pizzaiolo Olavo, da Bucadisantantonio, costumava caprichar na marguerita quando, intuitivamente, sabia quem era o solicitante da pizza média sem borda. Pelo horário, dia da semana e característica do pedido, o funcionário da pizzaria já olhava para o papel da encomenda com um sorriso jocoso no rosto, lembrando-se do cliente discreto e escravo de alguns hábitos. Ao encerrar a ligação, Leonardo percebeu que havia uma mensagem de voz deixada pelo comissário Cláudio.

— Delegado, o IGP retornou informando que fizeram um exame prévio no fio de cabelo, e por enquanto não foi possível apurar muita coisa. Mas em uma análise comparativa, eles suspeitam que possa mesmo pertencer a um homem que tem por volta de 30 a 40 anos. O mais interessante, contudo, foi que durante as nossas investigações de hoje à tarde, um morador da Rua Coronel Fernando Machado, perto do Castelinho do Alto da Bronze, informou ao agente Sérgio Moreno que viu um homem caminhando próximo à creche Mundo da Criança. Segundo ele, que é antigo no bairro e reside em uma daquelas casinhas históricas de porta e janela, o homem chamou a atenção porque subiu e desceu a rua duas vezes, sempre olhando discretamente para os lados, para os prédios e para a fachada das casas. Logo em seguida, o suspeito teria disfarçado e entrado na Livraria Taverna, onde permaneceu por aproximadamente cinco minutos. A seguir, ainda segundo o relato do morador, ele entrou no carro que estava estacionado quase em frente e foi embora. O automóvel tem placa de Canoas e está limpo, com registro em nome de Eduardo Castanho de Moraes. Verifiquei informações e fotos nas redes sociais e batem com a descrição de quem estamos procurando: homem atraente, alto, cabelos pretos, 38 anos de idade e é solteiro. E pode parecer mera coincidência, mas ele também é publicitário. O que vamos fazer?

Instantaneamente, escorado na mureta da sacada que dava para a silenciosa Rua Flores da Cunha, Leonardo ligou para o comissário Cláudio.

– Olá, delegado!

– Boa noite, Cláudio. Uma descrição bastante suspeita, além de ter a mesma profissão da Ana Beatriz.

– Fiquei intrigado. Não deixa de ser mais um indício de que o assassino conhece suas vítimas.

– Talvez sim, talvez não. Não vamos ficar fazendo especulações sem antes conversar com o nosso homem. Mantenha-o sob vigilância e convide-o para prestar alguns esclarecimentos amanhã na delegacia. Se ele se recusar, providenciaremos um mandado imediatamente.

— Tudo bem! Boa noite, delegado.

— Até amanhã, Cláudio.

Leonardo foi até a mesa da sala e serviu-se no decanter de uma taça de vinho. Girou-a algumas vezes, fazendo com que o líquido vermelho-rubi rodasse lentamente na volta do perímetro a que estava acondicionado. Em seguida, ele aproximou o cálice do nariz e deu um pequeno gole. O aroma amadeirado misturado àquele sabor leve e inconfundível trouxeram-lhe à tona uma profusão de lembranças. Segundos depois, o delegado olhou para o rótulo da garrafa ao lado do decanter e reparou no presente que ganhara de Aline. Já haviam bebido juntos outra garrafa daquele vinho Pizzato, safra 2005. Recordava-se, agora, de que ela gostara especialmente daquele autêntico Merlot de notas macias e aveludadas, que harmonizava bem com o espaguete ao sugo servido na charmosa Casa Vanni, nos Caminhos de Pedra, em Bento Gonçalves. Foram poucas as vezes em que ela o acompanhara em seu restaurante preferido na Serra Gaúcha, de gastronomia italiana, mas o suficiente para que agora lhe invadisse aquela imagem viva e nostálgica.

Depois de pensar por alguns minutos, ele pegou o telefone e ligou para ela. Não costumava fazer isso, tampouco falar de suas lembranças e sentimentos, mas era necessário informá-la sobre o que fora apurado pelo comissário Cláudio.

— Boa noite, delegado.

— Espero não estar incomodando – disse ele, hesitante. Mas pela formalidade no outro lado da linha, ficava claro que ela não estava sozinha. Invadido por um súbito arrependimento, entendeu que precisava ser o mais breve possível.

– Pode falar, sem problema. Está tudo bem?

– Levando... Fui seguido na saída da delegacia até a estação do metrô, mas mais parecia alguém querendo fazer contato do que intimidar. A novidade é que o Cláudio tem um suspeito, esta é a razão pela qual estou ligando. Provavelmente vamos interrogá-lo amanhã pela manhã – disse ele, aproveitando para resumir o conteúdo da conversa com o comissário, antes de desligar.

– Ótimo! São bons indícios! Pretendo chegar cedo na delegacia.

Assim que encerrou o telefonema, o interfone tocou e ele encaminhou-se para a portaria a fim de apanhar seu jantar. Enquanto descia os degraus dos três lances de escada, desolado e arrependido de ter ligado para ela naquela hora, entendeu que, por mais que se esforçasse – e isso lhe custava caro –, às vezes os sentimentos se misturavam e, talvez por impulso, ganhavam ações práticas dentro dele. Na órbita do universo que ocupavam, muito devido ao caos emocional em que estavam mergulhados, não tinha como separar trabalho e vida pessoal, tudo estava interligado, e esse baralhamento em zona cinza por vezes atrapalhava as atividades do grupo. Aquela chamada intempestiva fora um erro. Deveria simplesmente ter mandado uma mensagem de áudio, como fizera o comissário Cláudio. Mas agora já era tarde. Ao olhar-se no espelho quando foi ao banheiro lavar as mãos, sentiu um imenso esvaziamento de espírito e entendeu o quanto estava exausto. Diante daquele implacável acionador de memórias, os olhos sem brilho da imagem que se projetava à sua frente eram de um rosto angustiado e cansado.

DEZ

Aline não estava sozinha. Era noite de segunda-feira, e ela pedira que William lhe fizesse companhia. Aquele acúmulo de tensão deixava-a cada vez mais frágil.

Ao desligar, ela não conseguiu disfarçar o quanto ficara incomodada com o telefonema do chefe.

– Está tudo bem? – perguntou William, em tom preocupado. O namorado sabia sobre o nível de pressão pelo qual ela estava passando naquelas últimas semanas. Ele tinha conhecimento dos dramas profissionais dela. Embora imaginasse que pudesse haver algo mais, evitava ser indiscreto e não queria confrontá-la em momento tão sensível.

– Está e não está... – disse ela, ainda buscando uma saída para o próprio desconcerto da situação. – Amanhã temos testemunhas para ouvir e faremos algumas diligências, tudo muito incerto ainda, de modo que precisarei chegar cedo na delegacia.

— Preferes que eu vá embora?

— Claro que não, bobo – retorquiu ela, sorrindo.

— Imagino o quanto deva estar sendo difícil para você ter de lidar com tudo isso. Pelo menos vocês já têm alguma pista? Ou mesmo algum suspeito?

— Foi por isso que o delegado me ligou. Amanhã iremos conversar com uma pessoa que se enquadra na suposta descrição que estamos fazendo do *serial killer*.

— Que bom! Como quero continuar vendo este teu sorriso, torço para que possam prender logo esse assassino. Assim poderás tirar um pouco desta carga dos teus ombros – disse ele com um olhar terno e cativante.

— Obrigada, William! Que bom que estás aqui comigo hoje.

— E o Lucas, como está?

— Tudo bem. Os pais do Gustavo amam ficar com ele e são compreensivos comigo. Sempre entenderam pouco o filho ausente que têm e acabam se sentindo retribuídos com a presença do neto. Mas vamos falar de uma outra coisa.

Ela pensou, pensou, e de repente perdeu-se no que ia dizer enquanto ele esperava.

— O que aconteceu?

— Deixa pra lá – disse Aline, perturbada e arrependida por ter entrado naquela seara, quase que um caminho sem volta.

— Por favor, querida, agora fale.

— Tudo bem! Eu sei que ontem fiquei estranha com você depois que saímos do cinema. Tinha lá uma cena com uma situação familiar mal resolvida e aquilo mexeu comigo, com a minha vida, com o meu fracasso no casamento e os tropeços nas minhas relações amorosas. Então eu entendi que devia te ligar, convidar para você vir aqui hoje, para que eu pudesse pedir desculpas. Você tem sido gentil, paciente e muitíssimo compreensivo.

Ela parou por aí, evitando falar sobre o delegado e sobre a questão da paternidade.

– Não tem problema, fica tranquila. Isso às vezes acontece e somos adultos. Todos temos traumas e frustrações que não podemos apagar, devemos apenas saber lidar com isso. Conta comigo!

– Você é mesmo um amor, William!

Deitou-se com o namorado. Queria esquecer, mas os pensamentos dela estavam o tempo todo com o delegado. Percebera sua voz ao telefone e entendera que ele estava triste e carente. Fazia tanto tempo que não ligava. Fora muito rápido – decerto ele percebera a presença do namorado.

Lembrou-se da última noite que passaram juntos no apartamento dele. Jantaram, beberam um vinho e dançaram na sala ao som de *Whiter Shade of Pale* à meia-luz. Fora um momento de silêncio. Leonardo sabia que algo estava errado, mas esperou que ela falasse. Eles se amaram intensamente aquela noite. Aline não dormiu, abraçou-o forte, enquanto massageava-lhe os cabelos. A vida e os relacionamentos quando acabam são sempre trágicos, refletia ela. Por trás da inevitável dor da partida ressoa o eco triste da ausência. Sabia que o amava, mas não admitira revelar a ele que estava grávida e que tinha dúvida de quem era o pai de seu filho.

Quando William foi embora, ela serviu-se de uma taça de vinho, colocou novamente aquela música marcante para tocar e sentou-se no sofá da sala, em cima das pernas cruzadas. Deixou que simplesmente corressem as lágrimas que lhe formigavam nas pálpebras. Olhou para a taça que tinha nas mãos e lembrou-se das vezes em que ele pacientemente lhe falava sobre vinhos. Pensou em pegar no telefone e ligar para o delegado, falar do seu amor, que o amava, mas já era tarde, não apenas tarde da noite.

ONZE

Na manhã de terça-feira, por volta das dez horas, Eduardo Castanho de Moraes entrou na 1ª Delegacia de Polícia de Porto Alegre. Estava calmo e sereno enquanto esperava ser chamado.

Na sala ao lado, o titular e seus auxiliares observavam-no pela câmera no computador de mesa, todavia sem conseguir detectar vacilo ou inquietação na figura do homem elegante e bem-vestido.

– Não sejamos tolos, os psicopatas não expressam sentimentos. Vamos chamá-lo e acabar logo com isso – disse o delegado, ao mesmo tempo que respirou fundo.

Depois dos cumprimentos e de apresentar sua equipe, Leonardo Werther convidou o homem a sentar-se.

– Obrigado, delegado, creio que sei por que estou aqui e devo alertá-lo de que está perdendo o seu precioso tempo

– disse ele com um sorriso bonito no rosto, revelando dentes grandes e perfeitos. Em seguida, ocupou empertigado o espaço da cadeira.

A equipe entreolhou-se ao mesmo tempo que Leonardo retorquiu, com um questionamento à afirmação do suspeito.

– Por que tens tanta certeza?

– Eu sei o que está se passando aqui no Centro Histórico – aliás, o estado todo sabe. O fato de um estranho caminhar pelas ruas do bairro, sem motivo aparente, pode sem dúvida gerar alguma desconfiança nos moradores.

– Muito bem! Então me permita perguntar o que o trouxe para a redondeza, *sem motivo aparente*, justo em um momento em que todos os olhares estão amedrontados e atentos?

– O senhor pode perguntar o que quiser, mas sabe que não tenho a obrigação de responder. Nossa Constituição nos garante o direito de ir e vir, não é mesmo, delegado?

Depois daquela expressão acintosa, Leonardo Werther perscrutou com seu característico olhar penetrante o homem à sua frente, sentado de pernas cruzadas, braços semicruzados, com uma das mãos apoiando o queixo.

Aquilo não era uma afronta. Ele era um homem esclarecido e fazia valer os seus direitos. Não fora intimado a comparecer à delegacia para um depoimento formal, nada de concreto havia contra ele. Estava ali de livre e espontânea vontade. Entretanto, antes que Leonardo voltasse a insistir, Eduardo olhou em volta e, numa mudança instantânea de expressão, abriu um sorriso jovial e falou:

– Não se preocupe, eu irei colaborar. Digamos que eu estivesse fazendo uma pesquisa. Aqui é o Centro Histórico, tem muita história a ser contada.

– Por exemplo? – O delegado estava querendo ganhar tempo enquanto discretamente observava os movimentos corporais do suspeito na cadeira. Pernas cruzadas, mas agora com as mãos entrelaçadas, olhar seguro voltado ao interlocutor. Numa condição dessas, qualquer pessoa culpada deixa escapar alguma coisa. Seja um movimento involuntário de pernas, sejam as mãos que tremem e suam, os olhos que piscam, qualquer detalhe. Mas não era o caso – Eduardo parecia seguro e autoconfiante diante da situação.

– O senhor sabe que um outro psicopata atormentou este bairro no passado? Já ouviu falar do primeiro *serial killer* da América Latina?

Leonardo Werther conhecia a história macabra dos crimes da Rua do Arvoredo, bem próximo dali, magistralmente contada por Décio Freitas em seu livro *O Maior Crime da Terra*, título extraído de uma notícia do jornal francês *Le Temps* sobre os crimes de José Ramos. Não raro o delegado surpreendia-se com a quantidade de coisas que sua memória era capaz de reter. Entre os anos de 1863 e 1864, o trio formado por José Ramos, sua esposa Catarina Palse e o açougueiro alemão Carlos Claussner atuou de forma insólita e horrenda pelas ruas do que hoje é conhecido como o Centro Histórico de Porto Alegre. Catarina atraía os homens até a casa deles. Lá chegando, José Ramos matava os visitantes com um machado e os esquartejava. O desfecho do ritual cabia ao alemão Claussner, que era quem carregava os corpos em partes e os usava como matéria-prima na produção de linguiça em seu açougue. Como o trio fazia "desaparecer" suas vítimas, não havia corpo de delito e nunca se poderia provar nada contra eles – um ardil diabolicamente perverso e astucioso engendrado por Claussner. Ironicamente, mais tarde, o próprio açougueiro viria a também ser assassinado por José Ramos, que temia que o comparsa o delatasse às autoridades.

— Talvez seja o fantasma de José Ramos que ande por aí, só que agora ele resolveu matar a sangue frio as jovens mães do bairro — disse Leonardo pausadamente e em tom irônico.

— Doutor, não me leve a mal, o que vou dizer é de foro íntimo. Portanto, se possível, gostaria de conversar em particular com o senhor.

Mais uma vez a equipe entreolhou-se, e o chefe aquiesceu com um leve movimento de cabeça para que saíssem da sala.

O delegado hesitou por um instante, mas enfim reclinou-se na cadeira e declarou:

— Muito bem, não temos mais tempo a perder, creio que depois deste preâmbulo já podes começar a falar.

O COMEÇO DE TUDO

DOZE

Numa manhã fria de inverno, na remota cidade de Rio Grande, um menino foi deixado na porta do Orfanato Casa das Clarissas. Sozinho, indefeso e insuficientemente protegido do vento sul que varria as ruas do bairro Cidade Nova, ele mirava atônito a silhueta da mulher que o largara ali sentando, com um pedaço de papel nas mãos. Fica aqui um pouco, dissera ela, eu vou pedir ajuda e já volto. Mas, em vez disso, distanciou-se acelerada, sem olhar para trás.

Era por volta de sete e meia da manhã, o dia recém havia surgido no horizonte, quando a jovem e afetiva irmã Magda, responsável pela administração do local, abriu a porta e deparou-se com aquele menino de olhos curiosos e assustados.

– Meu Deus, o que é isso? – expressou ela, num sobressalto e numa interrogação contida que traz consigo a triste resposta. – Venha aqui, meu filho, estás tremendo de frio, quase congelando.

Imediatamente ela o acolheu e o abraçou apertado. Comovida, uma lágrima espontânea varreu-lhe os olhos comprimidos.

– Pobrezinho, está tudo bem agora, não se preocupe, a tia vai cuidar de ti. Vamos nos aquecer um pouco à beira do fogão. Lá dentro está bem quentinho.

Na cozinha ao fundo do orfanato, a lenha no fogo crepitava intensamente enquanto espalhava calor por todo o ambiente, impregnado com o aroma de café passado, leite e pão quente, recém-assado no forno abaixo do fogão. Acolhido no colo aconchegante da freira, o menino parecia ter respirado fundo e aliviado, sentindo-se vivo e protegido. Foi só depois de esquentá-lo com carinho que a irmã Magda enfim decidira tratar de ler o bilhete que o garotinho trazia nas mãos quando o encontrou na porta orfanato.

"Meu nome é Guilherme. Eu nasci no dia primeiro de março do ano de 1985, mas ainda não sei falar. Meus pais não tiveram mais condições de me criar, por isso me deixaram aqui, por favor, me ajude."

Do rosto da irmã Magda as lágrimas caíram lenta e silenciosamente. Tratava-se de mais um triste caso de abandono, pensou ela, mais uma vítima deixada aos desígnios de Deus.

Depois de passar um lenço no rosto, ela resignou-se e dirigiu-se ao menino:

– Olha aqui, meu filho, sou a titia Magda e agora vou cuidar bem de ti. Não estás mais sozinho, tens a mim e às minhas irmãs. Logo vais crescer e te tornar um homem de verdade. Um menino lindo! – disse-lhe ela, enquanto o abraçava e lhe passava as mãos pelos cabelos cacheados. Guilherme, sem dizer palavra, parecia agradecer-lhe com os olhos curiosos e intensos. Mesmo que fosse incapaz de entender, os sentimentos dentro dele misturavam-se entre medo e alívio, perda e acolhimento, abandono e gratidão.

Faminto, ele bebeu duas xícaras de leite e comeu pão quente com sofreguidão. Pouco tempo depois, já saciado, o menino adormeceu e foi colocado na cama pela freira. Sonhou que a mãe e o pai haviam retornado para buscá-lo. Ele sorria e falava com uma das primas. Corria com disposição em volta de um cinamomo que tinha na frente da casa onde moravam. Brincou de esconde-esconde com os amigos da mesma rua, abraçou o cachorro da vizinha, tomou banho de chuva até ser repreendido para que viesse logo para dentro de casa.

Ao acordar, horas mais tarde, olhou estarrecido para o teto do quarto. Fizera xixi na cama e sequer sabia onde estava. Mas a bondosa freira vigiava-o a certa distância. Ao vê-lo de olhos abertos, ela aproximou-se e rapidamente percebeu o incidente ao passar a mão pelas roupas de cama. Sem que o menino entendesse, ela tratou de montar uma encenação que desfez por completo o embaraço dele.

– Boa tarde, meu dorminhoco, você adormeceu tão profundamente que nem percebeu a goteira aqui em cima da cama. Choveu muito lá fora, por isso estás úmido, mas vamos resolver já! Está na hora de tomar um banho, trocar de roupa e almoçar. Saco vazio não para em pé, sabia?

Guilherme, sem entender todas aquelas palavras, mas intimamente aliviado, seguiu em silêncio para o banheiro.

Ainda no meio da manhã, Magda havia notificado as demais irmãs acerca do ocorrido. Aquele não era o primeiro caso, e também não seria o último. Tantas outras crianças já haviam sido ali abandonadas que elas já conheciam bem o protocolo. Faziam o melhor que podiam naquilo que lhes estava ao alcance, um espírito cristão e abnegado pulsava dentro do orfanato. Entretanto, por mais solidárias e altruístas que fossem, as freiras sabiam que não tinham como abrigar e cuidar de todos. Era preciso que os colocassem para adoção.

Em poucos meses, muitos interessados passaram por lá. Diversas famílias iam e vinham, investigavam, avaliavam com olhares cúmplices e, embora aquele menino bonito de pele clara e cabelos de caracóis chamasse a atenção de todos, acabavam por evitá-lo pelo fato de ele ainda não falar aos 4 anos de idade.

A irmã Magda, num misto de apego – ela afeiçoara-se àquele garotinho – e desejo de que uma boa família da cidade o adotasse, resolvera conversar sobre o assunto com ele.

– Meu filho, tu és uma criança linda, parece um anjinho com estes cabelos encaracolados. As pessoas que vêm aqui ficam encantadas contigo, mas eu vejo que elas têm receio porque tu ainda não falas... A tia te entende, todas nós aqui respeitamos o teu silêncio, mas se tu pudesses dizer uma palavra, a titia tem certeza de que vai vir alguém disposto a montar um quarto todo só pra ti, tudo vai ficar bem, e eu sempre irei visitá-lo, sempre estarei por perto.

Duas semanas depois, um renomado casal de médicos de Rio Grande, Marta e Pedro Ramos, encontraram o que há tempos vinha faltando para preencher-lhes o espaço. Ele, cardiologista, e ela, cirurgiã plástica, ao longo dos anos os dois haviam construído uma sólida carreira de sucesso na cidade, mas sem tempo para pensar em filhos. Embora tivessem alimentado esse desejo por alguns anos no início do casamento, acabaram priorizando as viagens e o trabalho. Porém agora estavam mais calmos, maduros e estabilizados, tinham reduzido o ritmo e os compromissos profissionais. Atendiam somente na clínica particular na qual eram sócios.

Eram felizes sem serem completos, mas isso parecia estar perto de mudar. Numa tarde de sol de dezembro, o casal voltava da Praia do Cassino quando a certa distância viram uma freira, vestida de hábito cinza, carregando sacolas de supermercado e um menino pela mão. Imediatamente, comovidos com a cena, pararam e ofereceram carona. A irmã Magda aceitou de bom grado a oferta. Com olhar curioso, Guilherme observava atentamente o diálogo entre os adultos enquanto o automóvel se dirigia para o orfanato, há poucas quadras dali.

Ao parar o carro, o casal desceu para se despedir da freira e do menininho que julgaram tímido.

– Muito grata, meus queridos! – disse irmã Magda, ao mesmo tempo que se virava para Guilherme. – Agradece a eles, meu filho, diga obrigado – incentivou ela, sem esperar que ele fosse abrir a boca.

– Obrigado! – falou o menino, dirigindo um aceno e um meio sorriso para o casal ali em pé, ainda parado na calçada.

Pedro e Marta, ao perceberem o espanto e a emoção nos olhos da freira, instantaneamente quiseram entender o que se passara.

– Um milagre! – respondeu ela, sorrindo e com lágrimas nos olhos. – Em quatro meses, é a primeira palavra que ele fala.

O casal entreolhou-se e, como numa completa compreensão tácita, entenderam que diante deles estava o filho que lhes faltava.

Aquele foi o primeiro Natal que Guilherme passou na casa dos pais adotivos. A família que o escolhera, finalmente, sentia-se realizada e completa. Pela primeira vez na vida, sem deslumbramento, o menino de olhos expressivos contemplava uma árvore decorada com todos os enfeites natalinos.

Titia Madga também estava lá. Era importante para ela saber que dali em diante ele estaria amparado e protegido. Ledo engano.

Os anos passaram e, aos poucos, Guilherme foi se familiarizando com os novos pais. Recebia atenção e correspondia de forma positiva e alegre a todos os estímulos. Tinha tudo sem ter pedido nada, mas, mesmo que inconscientemente, demonstrava gratidão como uma forma de ser aceito naquele meio. Os pais sabiam que ele sempre ficava animado quando tia Magda o visitava aos domingos. Certa vez, entretanto, em virtude de uma emergência de última hora no orfanato, ela não pôde comparecer. Já à mesa, quando sua mãe informou-o de que ela não estaria presente no almoço, o menino fez uma expressão fechada, mas compreendeu. Pedro e Marta apenas deram de ombros. Minutos depois, Guilherme pediu licença aos pais e foi, em silêncio, brincar nos fundos da casa. Havia dias que ele observava alguns pequenos ratos em um buraco de um dos alicerces da casa. Atento, acompanhava o movimento de ir e vir incansável dos bichinhos, até que no furo de uma pedra, entre pedaços de papéis e palhas amassadas, encontrou um ninho de camundongos recém-nascidos que se movimentavam com um ruído grave de volume baixo. Só era possível escutar quando se colocava o ouvido muito próximo do pequeno esconderijo. Guilherme levantou-se e, sorrateiramente, foi até a despensa da casa e muniu-se de um frasco de álcool e fósforos, uma lata de ervilhas vazia encontrada na lixeira e uma colher de sopa apanhada em uma das gavetas da cozinha. Com tudo em mãos, retornou sem fazer qualquer barulho até o ninho. Com a colher, retirou os ratinhos, um a um, depositando-os lentamente dentro do recipiente de aba cortada. Quando finalizou essa etapa, certificou-se de que ninguém o observava, antes de derramar o álcool dentro da lata. Por último, amassou para baixo a tampa da lata, tomou uma certa distância e riscou um palito de fósforo. Uma pequena explosão se fez instantânea enquanto os pequenos ratinhos gritavam e agonizavam carbonizados. Embora o rosto revelasse uma expressão de satisfação, Guilherme tratou logo de esconder a travessura mórbida. Não podia expor aquela perversidade aos pais que lhe davam carinho e afeto. Apanhou uma pá de jardim e, ao fundo do terreno, cavou um buraco para enterrar a prova do crime. Passou álcool na colher e cuidadosamente guardou tudo que havia usado em seus devidos lugares.

No verão do ano de 1994, Guilherme já estava quase completando 9 anos de idade quando os pais decidiram fazer uma viagem de duas semanas para Paris, somente os dois, a fim de comemorarem 30 anos de casados. Nesse meio tempo, o filho ficaria aos cuidados da irmã de Marta, no sítio da família em São Lourenço do Sul. Lá ele poderia andar a cavalo, pescar, jogar futebol e tomar banho na Lagoa dos Patos, acompanhado do tio e dos primos. O menino, sem pestanejar, concordou de imediato.

Os primeiros dois ou três dias foram bem divertidos. Como ele era o mais jovenzinho – "os primos" já eram quase adultos –, a família lhe dava atenção e cuidava dele atentamente. Em uma noite, porém, enquanto todos dormiam, um dos jovens da casa embrenhou-se no lençol do menino e puxou seu pijama para baixo. Mesmo sem penetrá-lo, o jovem de 17 anos esfregou-se até lambuzar-se. E assim foi: uma noite, duas, três e também as restantes. Aos poucos, dia após dia molestado, o menino foi se retraindo cada vez mais. Quando os pais retornaram da viagem, notaram a mudança em seu comportamento, mas atribuíram aquilo ao cansaço pelo excesso de insolação e pelo ritmo intenso das atividades no sítio.

As férias acabaram. Vieram outros anos escolares e, cada vez mais, ele enchia os pais de orgulho. Era sempre o melhor da classe, o mais atento e mais compenetrado nas atividades, estava um ano adiantado em relação às demais crianças de sua idade. Introspectivo, interagia pouco com os colegas, preferia cuidar de seus desenhos e afazeres escolares. No convívio familiar, evitava discretamente aproximar-se do tal "primo". Vez ou outra visitava a tia Magda – isso quando ela não aparecia nos finais de semana. A freira adorava aquele jovem, mas em seu íntimo ele lhe despertava uma certa angústia. Depois de algum tempo virou desconfiança, e por fim ela teve certeza: Guilherme dissimulava, escondia algo dentro dele que a fazia temer pelo destino do menino que ela amava e pelo qual, de certo modo, se sentia responsável.

Passados alguns anos, ele agora se transformara num bonito adolescente de cabelos longos e encaracolados, com pele bronzeada de tanto pegar onda no mar da Praia do Cassino. Aos poucos, crescia com Guilherme uma completa aversão ao mundo. Não sentia amor, tampouco ódio por alguém. Mas involuntariamente entendia que precisava corrigir algumas distorções erradas da vida. O primeiro acerto de contas seria com Fábio, o primo que o molestara. Sim, ele pagaria caro e no momento certo. Por enquanto, quando não estava surfando, Guilherme preferia gastar seu tempo ao lado das meninas que o idolatravam. Amava todas elas, dizia ele, sem nem mesmo entender o que isso significava. Mas as jovens morriam de amor. Todas tolas e mimadas, pensava, a cada nova conquista.

Paulatinamente, ele começou a urdir um minucioso plano contra Fábio. Sabia que o pai, o tio e os primos gostavam de pescar em alto-mar. Embora não tivesse muito apreço por tal atividade, Guilherme começou a acompanhá-los. Inteligente e perspicaz, sem muito esforço, ele rapidamente passou a demonstrar uma desenvoltura que surpreendia a todos. Dominava habilmente o controle operacional do barco de 35 pés com dois motores, bem como da organização dos equipamentos e preparativos de cada pescaria de final de semana. Conhecia a direção dos ventos, nuvens de chuva branda e tempestades repentinas. Aprendera muito com os pescadores que assiduamente frequentavam os moles da Praia do Cassino. Sabia que em dias de vento sul o mar ficava revolto, de ressaca, o que não era indicado para a pesca nem para se arriscar de carro na beira da mais extensa praia do mundo.

Na medida em que os meses e anos foram passando, Guilherme acabou por conquistar a posição de melhor e mais respeitado pescador do grupo. Inclusive o primo, que durante um tempo costumava observá-lo com certa desconfiança – resultado de uma consciência atormentada pela culpa –, passou a admirá-lo profundamente, convencido de que agora Guilherme esquecera-se do que ele lhe fizera no passado. Algumas vezes os dois até pescavam sozinhos. Em outras, convidavam um ou outro amigo em comum para lhes fazer companhia. Tinha vezes que Guilherme convidava algum daqueles pescadores experientes da beira dos moles e que muito o ensinaram.

Certa vez, entretanto, ele resolvera ligar cedo para Fábio, convencendo-o a pescar numa fria manhã de agosto. Convidara também o pai e o tio, mas de antemão – sem que eles desconfiassem – sabia que declinariam, porque naquele sábado estariam envolvidos no comício de um correligionário político, postulante ao cargo de deputado federal.

Na marina, ele retirou do carro o equipamento e, calmamente, carregou na lancha do pai tudo que precisariam levar naquele dia. Quando Fábio estacionou, Guilherme fez um aceno e esboçou-lhe um sorriso aberto:

– Já preparei tudo! Os motores já estão aquecendo.

– Boa! Então vamos logo. E pegaste as iscas?

– Peguei, sim. Tive tempo para preparar tudo, sem pressa.

O relógio marcava pouco menos de dez horas da manhã quando partiram sob um chuvisqueiro gelado, mas com o mar ainda calmo naquele horário. Nuvens escuras podiam ser vistas a leste – era o prelúdio da tempestade que estava por vir.

– Não ficaste com receio daquelas nuvens no horizonte? – perguntou Fábio descontraidamente.

– Não creio que chegarão até aqui.

Horas mais tarde, como Guilherme previra em seu íntimo, impulsionada por um vento sul, iniciou-se uma terrível tormenta que se materializou na forma de ondas elevadas, agitando e jogando o barco de um lado para o outro, como se fosse um frágil brinquedo desequilibrado em meio à truculência de uma forte tempestade no oceano, a aproximadamente 10 milhas da costa. Guilherme sentia um prazer mórbido, costumeiro em momentos de tensão, enquanto se deliciava com o medo quase se transformando em pânico nos olhos de Fábio, firmemente agarrado às estruturas do barco.

– Não devíamos ter vindo hoje.

Guilherme ignorou, fingiu não ter ouvido. Com algum esforço, assim que percebeu um pequeno abrandamento das ondas, ele pediu que o primo assumisse a direção da lancha, para que fosse verificar algo na popa. Discretamente, sem levantar qualquer indício de suspeita, apanhou um cabo trançado de poliéster de 12 milímetros de diâmetro, uma corda resistente que demoraria mais de cem anos para se degradar no fundo do mar. Sem que Fábio percebesse, ele amarrou uma extremidade do cabo em um dos apoios metálicos do barco e com a outra ponta preparou uma laçada. De repente, em um movimento rápido e inesperado, lançou a corda no pescoço do primo, apertando-a ferozmente, e em instantes empurrou-o ao mar. Enquanto Fábio se debatia e lutava desesperado pela vida dentro das águas revoltas do Atlântico, Guilherme sorria e o arrastava mar adentro. Em pouco menos de três minutos o corpo de Fábio flutuava silencioso e inerte próximo à lancha. Sem pressa alguma, Guilherme tratou de terminar o que começara. Escondida dentro de um saco de carvão, que por sua vez estava revestido e fechado com um saco plástico transparente, ele retirou lá de dentro uma pedra que pesava mais de trinta quilos. Por meio do sensor de profundidade, avaliou que naquele ponto a lâmina d'água passava de 30 metros. Assim, cuidadosamente, amarrou quase todo o cabo de poliéster à pedra, deixando que apenas dois metros separassem o corpo imóvel do primo da rocha que o ancoraria ao leito marinho.

A tormenta ainda não havia passado quando, minutos mais tarde, ele afastou-se alguns quilômetros de onde estava e enviou uma mensagem por rádio VHF à Marinha, informando que o primo caíra na água enquanto tentavam fugir da tempestade. Não demorou para contar à família, assim como também não demorou até que as buscas começassem. Não obstante, muito distante dali, no fundo do oceano, o corpo solitário do primo Fábio jamais seria encontrado.

Por meio dos jornais, rádio e televisão, o caso teve repercussão em Rio Grande e nas cidades próximas. Tratava-se de um membro de uma família tradicional e conhecida na região. Muita gente solidarizou-se com o rosto de desolação do jovem sobrevivente que não mediu esforços tentando encontrar o primo mais velho que caíra no mar. Contudo, mesmo depois da mobilização de diversos barcos privados de pescadores em apoio à Marinha, as buscas foram dadas por encerradas após uma semana. Guilherme, fingindo culpa e um profundo abalo, retraído em seu mundo, recebeu todo o suporte e ajuda psicológica da família. Ao final de um tempo resumiu-se tudo em um trágico acidente. Em seu íntimo, sentia-se vingado, aliviado e poderoso – completara seu plano com maestria! Ele agora era um assassino de verdade, escondido na imagem de um adulto bonito, inteligente e rico. Precisava conhecer o mundo, pensava ele. Há muito tinha planos de visitar a Europa e ter mais tempo para entender a fera que morava dentro dele.

Em janeiro de 2007, após formar-se em Administração de Empresas, sob o pretexto de aprimorar o inglês por meio de uma especialização no exterior, ele pediu apoio aos pais para passar um ano na Inglaterra, o que lhe foi imediatamente concedido. Em seu âmago aflorara um desejo antigo. Era hora de tomar providências para trocar de nome. Os pais haviam cogitado essa possibilidade no momento da adoção, até chegaram a discutir o assunto com o advogado, mas não foram à frente por sugestão da psicóloga que o atendia no orfanato. Na época, decidiram que esperariam que ele completasse a maioridade, quando poderia – caso quisesse – alterar o prenome baseado no artigo 56 da Lei de Registros Públicos. Agora, no entanto, ele entendia que chegara a hora. Aquele nome fora dado por pessoas que o abandonaram e não seria mais uma prisão existencial na vida dele.

TREZE

– Muito bem, doutor, minha intenção aqui nas ruas do Centro Histórico é apenas reencontrar uma mulher que conheci há cerca de um mês, em um aplicativo de relacionamentos – declarou Eduardo, escolhendo as palavras e com os olhos voltados para o delegado.

– Não estou entendendo. O que há de tão íntimo nisso que não podias falar na frente da minha equipe? – questionou Leonardo num tom quase impaciente.

– Todos temos os nossos segredos, não é, doutor? *Ménage à trois* é o meu! Tenho esse fetiche, se é que posso chamar assim, faz alguns anos. Minha namorada e eu quase sempre costumamos sair com pessoas, quero dizer, com mulheres aqui de Porto Alegre.

– Compreendo, mas qual o motivo que o fez perambular pelas ruas do bairro como se estivesse monitorando os movimentos de alguém ou como se tivesse perdido alguma coisa por aqui?

– Na verdade eu perdi. Como lhe disse, e agora sendo mais claro, há aproximadamente um mês minha namorada e eu conhecemos uma garota por meio de um aplicativo de relacionamentos, o Tinder. Tenho aqui este telefone celular que só é usado para esta finalidade. Ele costuma ficar com a Paola. Ela é quem faz os contatos e aprova as garotas que iremos conhecer e nos relacionar. Ela não sabe que estou aqui e, caso o senhor queira ficar com o aparelho, precisarei inventar uma outra mentira.

– Por que inventar outra mentira? – indagou o delegado, agora fitando-o com uma expressão curiosa.

– Logo que conhecemos a Débora – pelo menos foi esse o nome que ela nos deu –, quebramos uma das regras de ouro que estabelecemos no início do nosso relacionamento. Pode-se dizer que Paola e eu somos um casal progressista, somos totalmente transparentes um com o outro, mas precisamos respeitar alguns limites que ficaram registrados em um guardanapo de papel no dia de nosso primeiro encontro. Por exemplo, não pode ter beijo, a menos que seja um beijo triplo; não pode ter penetração entre mim e a pessoa convidada; não pode ter um outro homem na relação e, por fim, não sairíamos com a mesma pessoa mais de duas vezes. Mas por que estou contando tudo isso e tão espontaneamente? Nós quebramos a última regra do tal contrato quando reincidimos em nossos encontros com a Débora pela terceira e depois pela quarta vez. Na última oportunidade em que estivemos juntos, há cerca de uma semana, revelamos à nossa parceira que aquela noite seria a nossa despedida, uma vez que não queríamos envolvimento emocional. Estávamos, como sempre, em minha casa em Canoas. Bebemos vinho até tarde, transamos por horas e, quando acordamos na madrugada, Débora já não estava lá. Num primeiro momento lamentamos e voltamos para a cama, mas alguma coisa não me deixava dormir. Foi quando retornei à sala e percebi que o meu notebook não estava. Tenho cópia de segurança, claro, porém no HD do computador estão todas as fotos e vídeos de muitas de nossas aventuras sexuais. Não sei se ela fez isso por vingança, em um momento de raiva. Não sei se ela pretende nos chantagear ou simplesmente pretende vazar isso em algum site pornográfico. Todas as vezes que a trouxemos de volta a Porto Alegre, a deixamos aqui na Rua Coronel Fernando Machado. Em duas oportunidades, perguntei qual era o número do prédio e ela desconversou, pedindo que andasse um pouco mais ou um pouco menos, não queria parar na frente de casa. Então, doutor, mesmo sabendo dos riscos de ser confundido com um psicopata à solta, tenho tentado encontrar Débora ou alguém que a conheça. Não costumo mentir para minha namorada, mas escondi dela a ausência do notebook, para que ela não ficasse alarmada. Paola é filha de uma tradicional família de Porto Alegre e não sabe que estou tentando localizar Débora. Como também não sabe que hoje pela manhã peguei nas coisas dela este telefone.

– Tens alguma foto da mulher com quem vocês estavam saindo?

– Tenho. Uma única na qual estamos nós três, tirada em uma pizzaria em São Leopoldo. De todas as mulheres com quem nos relacionamos até hoje, ela foi a única que não permitiu fotos e vídeos íntimos. Aqui está. – E nesse momento Eduardo desbloqueou o celular e entregou-o ao delegado.

Leonardo Werther pôde ver na foto, sentada ao lado de Paola, uma mulher simpática e de olhar intenso, que não tinha cara de vigarista. Ao fechar a foto, deparou-se na tela com diversos aplicativos que ele interpretou como sendo de mesmo viés que o Tinder: Hppen, Ysos, Feeld, Sexlog, D4swing.

— Não estou aqui para investigar tua vida íntima, Eduardo, mas caso não te importes ficarei alguns dias com este telefone para averiguação — disse o delegado, enquanto discretamente observava o homem à sua frente e fingia olhar para o aparelho celular.

— Não tem problema, doutor, já suspeitava mesmo que fosse pedi-lo. Deixe-me apenas enviar a foto da Débora para o meu número pessoal e também anotar a senha de desbloqueio para facilitar o trabalho dos investigadores.

— Muito bem, aqui está! — disse Leonardo, resoluto. — Quero apenas lhe pedir que não faça nenhuma viagem para fora do país nos próximos dias.

— Não tenho planos para isso. Caso o senhor necessite, estarei à disposição.

Nesse momento, Leonardo levantou-se e apertou a mão de Eduardo, não deixando de reparar que estava suada.

— Delegado, se me permite um comentário. Quando entrei na sala e observei seus assistentes, notei que a inspetora que me apresentou o olhava diferente.

— Pode explicar?

— Ela gosta do senhor.

— Como sabe?

— Eu sou publicitário. E modéstia à parte, um bom publicitário. Sempre tive talento para identificar os sentimentos das pessoas e vivo de criar expectativas nelas. Os olhos nunca mentem. Bom dia, doutor.

– A propósito, em qual agência trabalhas e onde fica?

Assim que Eduardo passou as informações e virou as costas para o delegado, Cláudio e Aline entraram na sala.

– E então, liberamos o suspeito? – perguntou Cláudio enquanto se aproximava do delegado.

– Ele contou uma história plausível, mas está escondendo alguma coisa que ainda precisa ser deslindada. Vamos vigiá-lo de perto. – E estendeu o braço na direção de Cláudio. – Por favor, peça para que nosso departamento de TI investigue este aparelho de celular. Trata-se de uma ferramenta de lazer usada por ele e pela namorada, de nome Paola.

– Sim, é a que aparece em algumas fotos com ele no Facebook – disse Aline, mostrando ao delegado a tela de seu próprio iPhone.

Em seguida, Leonardo passou a relatar aos auxiliares a conversa que tivera com Eduardo. A história parecia crível, mas algum ponto ali não se encaixava.

Já no lado de fora da delegacia, Eduardo calmamente acionou o botão da chave que desarma o alarme do carro. Foi como se também acionasse dentro dele um outro sinal de alerta em forma de interrogação: será que o delegado desconfiou de alguma coisa?

QUATORZE

O tempo passava. As atividades planejadas estavam em curso, mas ainda assim o restante do dia transcorreu sem muitas novidades na investigação. Depois do almoço, Leonardo Werther viu-se mergulhado em uma pilha transbordante de burocracias que precisavam ser despachadas, sob pena de atrapalhar o funcionamento dos plantões e outras investigações. Cláudio fora chamado ao IGP para entender detalhes apurados pelos peritos forenses sobre os fragmentos da corda usada pelo psicopata para enforcar suas vítimas. Tratava-se de um cabo fino trançado em fios de poliéster, com cinco milímetros de diâmetro, nada extraordinário, e fácil de encontrar em lojas de artigos de pesca. A peculiaridade, entretanto, consistia no uso da corda quando ele podia simplesmente estrangulá-las com as próprias mãos. Mas com o uso do utensílio, interpretavam os peritos, o psicopata estava deixando sua assinatura, seu registro, a fim de poder atingir a plenitude emocional que aquilo representava para ele.

Aline, por sua vez, alegou que naquela tarde precisava levar o filho para fazer um exame. Nada preocupante ou urgente, mas estava aflita e queria resolver logo – mesmo diante da contagem regressiva para capturar o assassino, ela sabia que era hora de começar a enfrentar seus próprios fantasmas, que não eram poucos.

Na delegacia, o clima era tenso, mas de otimismo. O cerco estava armado. Discretamente, uma consistente força-tarefa entre as Polícias fora montada próximo às escolinhas e nos acessos ao Centro Histórico. Caso tentasse alguma coisa no bairro, o psicopata seria surpreendido.

Quase no final da tarde, Leonardo ligou para seu amigo João Pedro.

– Quando vamos comer aquela lasanha?

– Hoje mesmo! Só preciso ligar para a Rosa – aliás, essa era a minha dúvida sobre o que teríamos para o jantar. Com este frio, uma lasanha cai muito bem.

– Então está combinado. Se não for a lasanha, pedimos uma pizza. Vou levar o vinho.

– Tu e as tuas tele-entregas de pizza. De jeito nenhum! Está tudo bem? – perguntou João Pedro em tom curioso.

– Não, mas falamos na tua casa. Até mais!

– Até logo. Um abraço!

No fundo, mesmo com o pouco que tinha em mãos acerca da investigação, Leonardo começava a montar algumas conjecturas em sua cabeça e queria ouvir o que seu amigo poderia dizer a respeito. Precisava certificar-se, em um exercício retórico consigo mesmo, que não estava tão longe de compreender a mente do assassino. Mas isso tudo eram elucubrações formadas em um universo particular no qual se atravessam personagens reais e imaginários, extraídos de sua experiência como delegado de Polícia e de suas leituras que, em parte, o ajudavam a aprimorar a compreensão da alma humana. Ele não queria se deixar levar pela intuição – suas investigações precisavam apoiar-se em fatos reais, portanto, sentia a necessidade de se abrir com alguém, mesmo que contra a própria vontade.

Ao sair da delegacia, reparou que ninguém o seguia como ocorrera na noite anterior. O frio continuava intenso, desta vez não se avistavam estrelas no céu, o que poderia ser lido como o prelúdio de chuva no dia seguinte. Habitualmente ele embarcou no Trensurb a tempo de sentar-se na lateral do vagão. Seus pensamentos funcionavam em um fluxo descontínuo entre lento, acelerado e desconexo. Como em uma música clássica de jazz, que não se sabe de onde vem nem para onde vai, aos poucos, buscando organizar as notas em meio ao balanço e às paradas do metrô, tentava, sem sucesso, harmonizar tudo em um tom de blues.

Quando desceu na Estação São Leopoldo, ainda absorvido em seus devaneios, quase sem querer ele reparou, através das portas que se fechavam, que uma mulher sentada no lado oposto do vagão o fitava com olhos curiosos. Acelerou o passo enquanto o metrô se colocava em movimento. Correu incerto e depois ainda mais rápido, não queria perdê-la de vista, mas já era tarde. Quem era aquela mulher, com as mãos cruzadas no colo, que o observava e que lhe sustentara o olhar? Não era jovem nem velha, mas tinha um rosto enigmático, carregado de um silencioso estoicismo. Uma fisionomia que ele nunca vira. Por certo era a mesma pessoa que o seguira no dia anterior e que, desta vez, escolheu acompanhá-lo discretamente dentro do metrô. O que ela queria? Será que havia alguma relação com os assassinatos? As perguntas afloravam e rapidamente desconstruíam todas as reflexões que até então Leonardo Werther tentara organizar na cabeça.

Ligou para seu amigo e desculpou-se por ter de desmarcar o jantar. Aturdido, ele não estava em condições emocionais de continuar insistindo naquele assunto. Precisava voltar ao início e reorganizar tudo dentro dele. O dia seguinte poderia colocar um ponto final em tudo aquilo.

QUINZE

Joana Freire era linda e metódica. Dona de uma conceituada academia de pilates na Cidade Baixa e mãe de dois filhos, Maria Clara, 18, e Tiago, 4 anos – o menino, fruto de seu segundo casamento –, Joana era uma força da natureza, uma beleza rara com traços delicados e a boca carnuda. Aos 42 anos de idade, ela nem de longe aparentava que tivesse mais de 40. Formada em Educação Física, campeã olímpica de natação e com diversos títulos em artes marciais, ela era uma vegetariana que amava os esportes. Apaixonada por tudo que fazia, tinha também o seu lado bem romântico. Mesmo que um dia tenha se sentido fracassada no primeiro casamento, sendo que a culpa do divórcio fora uma completa incompatibilidade de gênios – só descoberta depois de dois anos de casados –, com o atual marido ela entendia que havia encontrado a verdadeira e plena felicidade.

Naquela manhã de quarta-feira, como de costume, a família tomou café reunida. Maurício, professor universitário, costumava dar carona para a enteada, que cursava o primeiro ano de Nutrição da UFRGS, enquanto Joana, antes de ir para o trabalho, deixava diariamente Tiago na creche, próximo de casa, no bairro Menino Deus.

Era por volta de sete e meia da manhã de um típico dia de frio e chuvisqueiro quando ela estacionou seu Jipe Jimny 4x4 amarelo, na Praça Menino Deus, embaixo de um plátano, próximo da Avenida José de Alencar. No momento em que se preparava para soltar o cinto de segurança de Tiago, divisou a figura de um homem bem-apessoado caminhando tranquilamente, com um guarda-chuva aberto, em sua direção. Mesmo que a fisionomia daquele estranho não oferecesse qualquer perigo, por pura intuição – talvez motivada pelo que estava se passando no bairro Centro Histórico –, ela ficou com os sentidos em alerta e resolveu esperar com o motor do carro ligado. Em pouco tempo, quase imperceptível, o homem de expressão simpática estava bem ali, quase encostado em sua porta oferecendo ajuda. Em instantes, enquanto baixava lentamente o vidro, o seu instinto de sobrevivência aguçado permitiu que ela fizesse um raio X daqueles olhos que, antes gentis, já pareciam ter tomado uma forma demoníaca. O psicopata, percebendo que não podia mais esconder a fera que explodia dentro dele, meteu a mão em um golpe certeiro e direto no pescoço de Joana. Não fora exatamente como ele planejara, o vidro do carro não estava completamente aberto, mas em poucos segundos ela estaria morta. Diante daquela situação aterradora, imbuída de um inacreditável esforço físico – resgatado de suas entranhas e dos tempos de suas competições –, ela, habilmente, ainda que com o vidro entreaberto, conseguiu golpeá-lo com o cotovelo esquerdo, descarregando no maxilar do psicopata toda a força que ainda lhe restava, o suficiente para ele sentir o choque abrupto e soltá-la instantaneamente. Com a pouca consciência e reflexos remanescentes, lutando como podia, ela conseguiu engatar a marcha e acelerar, com o homem agora preso à porta com um braço e, com o outro, tentando agarrá-la com seus movimentos ágeis e bruscos. Um automóvel parado no lado oposto da rua estreita a fez acelerar quase inconscientemente na diagonal, de encontro ao veículo. Percebendo que não lhe restava outra alternativa, antes que ambos colidissem contra o carro, o homem desprendeu-se da porta do Jipe e jogou-se de costas contra o portamalas do veículo parado. Recobrando os sentidos, Joana torceu de leve o volante hidráulico para a direita, não sem antes arrastar seu Jimny contra o carro ali parado, causando um estrondo e uma imediata fumaça provocada pela pequena chuva de faíscas. Na esquina da Avenida José de Alencar, em completo terror e desespero, ela subiu no meio fio entre as duas pistas de direções opostas e apertou forte a buzina, ininterruptamente, até que tivesse chamado a atenção dos carros e dos transeuntes que por ali circulavam, causando um imenso frenesi em frente a um posto de gasolina. Quando conseguiu olhar para trás, Joana não teve mais forças para reter o pranto. Num misto de tensão, pânico e alívio, causados por sua agonizante luta pela vida, as lágrimas vertiam compulsivamente depois daquele trauma que sofrera. Seu filho estava ali, também chorando, mas seguro e ainda preso na cadeira pelo cinto de segurança.

Os carros parados, os frentistas e as pessoas que passavam, mesmo sem entender muito bem o que acontecia, voltaram-se na direção do Jimny amarelo. Mãe e filho estavam salvos, traumatizados, mas salvos das garras do psicopata que não arriscaria correr até ali para terminar de matá-la. O covarde só ataca quando está seguro. Era possível que ele não descansasse até terminar o serviço – afinal de contas, agora o maníaco fora visto por uma vítima que estava viva e que o olhara nos olhos.

DEZESSEIS

A primeira reação que teve, tão logo entrou rápido e de cabeça baixa no luxuoso apartamento, foi esmurrar uma parede com imensa fúria. Falhei – pensou ele – agora estou vulnerável e em desvantagem. Mas isso era só um detalhe irrelevante. O mais difícil, naquele momento, consistia em lidar com a própria frustração de não ter conseguido libertar o chacal ensandecido que morava dentro dele. Fervia de raiva. Sua fome de vingança não fora saciada como planejara. Mesmo momentaneamente descontrolado, ele sabia que refrear a fera dentro de si significava o primeiro passo para continuar no controle da situação.

Depois de colocar gelo até cair para fora do copo e em seguida despejar uma dose generosa de Chivas Regal 18 anos, o psicopata respirou fundo, enquanto observava as esferas de água congelada sendo fraturadas pelo choque da baixa temperatura em contato com o uísque. Lentamente ele deu um primeiro gole, depois caminhou até a ampla sacada do apartamento e, com mais disposição, sorveu quase metade do que havia servido daquele suave destilado escocês. Felizmente, refletiu, sua identidade ainda não estava descoberta. A vagabunda vira seu rosto, mas não conseguiria descrevê-lo de forma adequada. Ele foi até o banheiro, lavou demoradamente as mãos com água e sabão e, num movimento quase que automático, abriu um pequeno estojo à sua frente. Em seguida, olhou-se no espelho, e em poucos segundos retirou dos olhos um par de lentes de contato azuis e depositou-as no recipiente. Embora combinassem com o tom claro de sua pele, garantindo-lhe certa legitimidade, elas eram apenas mais um dos disfarces na moldura do rosto, realçado pelas sobrancelhas sintéticas, os cílios postiços e o penteado lambido a gel. Aquela alteração na aparência, meticulosamente preparada em caso de alguma eventualidade, acabara de salvá-lo de ter reconhecida a sua verdadeira fisionomia.

Mudara parcialmente seu plano quando decidira não mais atacar no Centro Histórico, dado o contingente de policiais de campana e dos moradores atentos nas ruas do bairro. Nada estava perdido, calculava ele. Continuava um passo à frente: eles não o reconheceriam, mas agora precisaria avaliar como seria a repercussão do caso, para só então continuar a sua vingança. Tratava-se de uma estratégia de guerra, e até que as coisas se acalmassem, ele precisaria ocupar-se de outros afazeres.

DEZESSETE

Assim que desceu do metrô na Estação Mercado, o delegado encheu os pulmões com o ar úmido de mais uma manhã chuvosa de agosto. Enquanto atravessava o Largo Glênio Peres, segurando o guarda-chuva na mão esquerda, seu telefone tocou no bolso do casaco.

– Bom dia, Cláudio, alguma novidade já tão cedo?

– Bom dia, delegado, talvez a melhor delas em muitos dias. Como tinha prometido, o *serial killer* voltou a atacar – e adivinha? Desta vez a vítima era uma experiente lutadora de artes marciais e conseguiu sobreviver – disse o comissário com entusiasmo na voz, antes de continuar: – Ela ainda está em choque, a história é longa, mas o resumo é que, mesmo abalada, hoje à tarde irá à delegacia para prestar depoimento. Acredito que com um retrato falado poderemos encurtar o tempo para capturar esse maníaco.

– Cláudio, em qual rua do bairro aconteceu? Estamos com todas as nossas equipes mobilizadas. Como foi que ele teve tanta audácia para voltar a circular nas proximidades? – Leonardo Werther questionava, mas no fundo ele mesmo buscava responder.

– Desculpe-me, delegado, acabei omitindo uma das informações mais importantes: desta vez ele atacou no Menino Deus...

O delegado absorveu aquela informação sem muita surpresa. Em suas elucubrações, enquanto tentava sondar a mente do assassino na noite anterior, ele previu que pudesse haver uma mudança no comportamento do sujeito. Aparentemente não se tratava de uma novidade no *modus operandi*, mas de uma pequena alteração geográfica e, portanto, circunstancial. O bairro Menino Deus ficava perto do Centro Histórico, menos de quatro quilômetros de distância. Ele continuava próximo, apenas fizera um movimento tático em razão do cerco que se fechava. Felizmente, a tentativa de aumentar o perímetro de atuação a fim de não ser pego não dera certo, mas ainda assim o psicopata estava mandando uma mensagem clara: ele não estava disposto a parar.

– Tudo bem, Cláudio, não se preocupe. Talvez eu me atrase um pouco, mas logo mais a gente se fala na delegacia. Até já! – disse Leonardo no momento em que alcançava a Praça da Alfândega, vazia devido às condições climáticas naquela hora da manhã.

Uma rajada súbita de vento frio varria a Rua dos Andradas, provocando um perfeito encontro de vibrações das placas de sinalização que batiam, dos galhos das árvores em movimento descompassado e das poucas folhas caídas que voavam em círculo, como que materializando aquela corrente ventosa e inconstante à procura de uma direção a ser seguida em meio ao caos.

Enquanto caminhava, Leonardo Werther digitou no celular um número, quase sem esperança de que fosse ser atendido naquela hora da manhã. Contudo, na terceira chamada, uma voz suave e calma foi ouvida no outro lado da linha:

– Leonardo, há quanto tempo! Por sorte ainda não tinha deletado o teu contato de minha agenda – disse, com afetuosa ironia, a psicanalista Cristina Cintra.

Durante quase 20 anos ela fora uma das mais respeitadas psicólogas forenses que prestava consultoria para o IGP, antes de sofrer um acidente de carro que a deixara paraplégica. Por vontade própria, mesmo com a possibilidade de continuar trabalhando, ela escolhera a aposentadoria e a reclusão, a fim de poder dedicar-se aos gatos de raças variadas que criava – uma de suas maiores paixões – e aos seus estudos da mente humana.

– Bom dia, minha amiga, há dias estou querendo te ligar. Está tudo bem com você?

– Comigo, sim! Tenho aqui uma ninhada nova de siameses para cuidar e me divertir. Por acaso não estás interessado em um filhote? – perguntou ela em tom de brincadeira.

– Não, querida, na verdade eu estou...

Antes que o delegado completasse a frase, Cristina o interpelou.

– Suspeito que estejas me ligando por causa do *serial killer* que deve estar tirando o teu sono, não é mesmo?

– Exatamente. Hoje à tarde iremos ouvir o depoimento de uma sobrevivente. Porém, antes disso, caso te fosse possível, eu gostaria de ouvir o que tens a dizer sobre esse maníaco que estamos investigando.

– Claro, não seja tão formal. Não te garanto um completo perfil desse homem, mas talvez possa ajudar em alguma coisa. Venha logo aqui em casa. Vou pedir para a Neide deixar o café pronto.

Imediatamente, Leonardo mudou a direção e apanhou um táxi na esquina da Andradas com a Caldas Júnior. A casa da psicanalista ficava no bairro Independência, uma das poucas que ainda restavam na Rua Miguel Tostes. Por ser histórica, a bela residência do século XIX fora preservada em meio aos enormes prédios de apartamentos. Filha única, Cristina não casara e não tivera filhos, morava apenas com seus gatos e a empregada na casa que pertencera aos pais e aos avós.

Enquanto se dirigia para o endereço da amiga, o delegado se lembrou de uma conversa que tiveram, mais de duas décadas antes, sobre a polêmica que envolvia os conceitos de livre-arbítrio e determinismo psíquico.

Naquela época, Leonardo pouco ou nada sabia sobre psicanálise. Sempre acreditara no livre-arbítrio, na ideia pura e simples de que o homem é autônomo e pode escolher ou não realizar uma determinada ação, sem que a escolha desse ato esteja associada a qualquer outra circunstância. Mas a freudiana Cristina acabaria por demovê-lo dessa ideia quando o fez acreditar que o conteúdo consciente é apenas a ponta do iceberg da mente humana.

– Meu querido, ainda na Grécia Antiga, em uma inscrição do Oráculo de Delfos – e estamos falando de pelo menos seis séculos antes de Cristo –, o homem foi apresentado a uma importante questão existencial: "conhece a ti mesmo". Buscar descortinar o nosso inconsciente – dissera ela – talvez tenha sido a maior genialidade do pai da psicanálise. Mas por que estou dizendo isso? – indagava Cristina. – Porque não somos soberanos sobre as nossas mentes. Na grande maioria das vezes, é o inconsciente que move nossas ações. Pode ser duro ter de aceitar isso, mas quanto menos sabemos sobre nós mesmos, mais o inconsciente determinará nossos atos, sem que estejamos exatamente cônscios disso. Pelo contrário, sempre estaremos prontos para piamente acreditar que estamos no controle de tudo que fazemos.

– Entendo – dissera Leonardo – e isso é o que Freud chama de determinismo psíquico?

– Isso mesmo. No inconsciente é onde está enclausurado todas as emoções reprimidas que empurramos para os subterrâneos de nossa mente. Mas não é uma tarefa fácil manter os nossos fantasmas aprisionados, até porque muitos deles se formam quando ainda somos crianças. Acontecimentos antigos que porventura tenham se passado nos primeiros anos de vida podem "reaparecer" ou se reeditarem na idade adulta. Não estão sujeitos às leis do espaço e do tempo. Existe um mundo complexo em nossas profundezas. Assim como o mar é habitado por criaturas estranhas em seus abissais, também dentro da parte encoberta de nosso iceberg existe um território misterioso e desconhecido. Vivemos sob uma forte e constante pressão dos pensamentos reprimidos, que desejam a todo momento furar o bloqueio da consciência e fugir. Diante disso, inevitavelmente, somos sempre afetados pelos nossos desejos escondidos. Não obstante, tem coisas que queremos fazer sem que saibamos de onde vêm tais impulsos, mas que acabam determinando nossas ações.

– Então quer dizer que o livre-arbítrio é um engano?

– Psicanaliticamente ou emocionalmente falando, sim. Se aceitarmos que as nossas ações são determinadas por forças do inconsciente, assumiremos que o livre-arbítrio é apenas uma ilusão.

– Concordo, mas conscientes ou inconscientes, precisamos ser práticos e aceitar a responsabilidade por nossas escolhas. Uma coisa não exclui a outra. E como bem disseste, nem tudo parece estar perdido. O exercício do autoconhecimento pode vir a ser um caminho – senão o único – para que não sejamos permanentemente enganados por nós mesmos. Se não alcançarmos o livre-arbítrio, pelo menos saberemos como melhor enfrentar os nossos próprios demônios.

– Exatamente, meu amigo. Aliás, fique sempre atento aos sonhos – sonhos reais, aqueles que tens enquanto dormes – dissera ela, sorridente. – Eles são sempre a principal via de acesso para conheceres as atividades inconscientes da mente.

Logo que entrou na casa, Leonardo notou que a vida sedentária não fizera muito bem a Cristina, condicionada a uma cadeira de rodas elétrica. Com seus lindos cabelos naturalmente platinados e mais rechonchuda do que nunca, ela pelo menos continuava doce e jovial, o que de certo modo contrastava com uma mente perspicaz e brilhante que evitava o convívio social. O delegado lembrava-se dos áureos tempos em que aquela mulher de mais de um metro e setenta de altura estava na ativa. Foram poucos os anos em que atuaram próximos, mas o suficiente para que Leonardo admirasse profundamente a consistência dos diagnósticos e perfis psicológicos precisos realizados por ela. Embora fosse dez anos mais velha que ele, lembrava-se que, quando Cristina já tinha por volta dos 50, os colegas ainda suspiravam quando a viam passar. Por outro lado, a bela loura inteligente acabava afugentando as investidas dos homens que se sentiam intimidados.

– Mesmo com estes olhos tristes ainda estás muito bem na tua idade. Se eu não estivesse nesta cadeira de rodas, o convidaria para sair – disse Cristina com um sorriso terno no rosto.

— Olá, minha querida, muito lisonjeiro da tua parte. Mas foi sorte sua não ter casado com um delegado de Polícia — respondeu Leonardo no instante em que se abaixava para dar um abraço efusivo e um beijo no rosto da amiga.

— Bom, entre e fique à vontade. Quero que me digas logo o que posso fazer para ajudar.

Em seguida, sem esquecer de mencionar o bilhete deixado pelo maníaco, Leonardo Werther passou a narrar tudo que acontecera desde que o *serial killer* começara a atacar no Centro Histórico, causando um rastro de dor e destruição.

— E o que você pensa de tudo isso? — perguntou Cristina, enquanto percebia a expressão de incredulidade no rosto dele.

— Estou procurando por respostas. Talvez hoje à tarde tenhamos uma pista mais concreta para identificar e prender esse psicopata, mas a minha intuição diz que ainda estamos distantes de apanhá-lo. Por isso estou aqui. Nos últimos dias, só consigo formar um emaranhado de pensamentos díspares, e nosso tempo está se esgotando. Por sorte, hoje o dia não foi desse caçador cruel... Então, qualquer análise que ajude a entender um pouco acerca da mente desse homem será muito bem-vinda.

— Ao que tudo indica, esse maníaco é muito metódico e paciente. Todo *serial killer* tem algo para resolver do passado. Quando o pegares, provavelmente descobrirás que ele possa ter vivido privações emocionais na infância, ligadas às figuras materna ou paterna, como maus-tratos, rejeição ou abandono. Alguns têm pensamentos persecutórios e escutam vozes que os mandam cometer determinado tipo de crime. Veja que ele tem um padrão, seus métodos são cruéis e sofisticados. Esse homem planejou detalhadamente cada jogada, cada passo, inclusive prevendo que não poderia continuar atuando no Centro Histórico. Toda essa raiva contra suas vítimas pode estar associada à rejeição e, consequentemente, a algum desejo de vingança. Todas as pessoas têm um caos dentro de si. Sendo mais clara, todos temos trevas dentro de nós, Leonardo, mas conseguimos controlá-las por meio de nosso superego, ou filtros morais, se preferir. Os psicopatas não controlam! Eles são capazes de colocá-las para fora das piores formas.

– Por quem eu devo procurar? – questionou o delegado, ainda pensando no que ela acabara de falar.

– Procure por alguém que esteja acima de qualquer suspeita. Psicopatas são improváveis, quero dizer, não se parecem com alguém que possa fazer qualquer atrocidade. Já sabes que se trata de um homem jovem, criativo e ardiloso, cheio de disfarces. Ele pode estar caminhando ao teu lado, então fique atento à sutileza dos detalhes desta investigação. Os assassinos em série enganam e representam muitíssimo bem. O texto do bilhete parece-me mais um ardil pelo qual ele tenta desviar a atenção daquilo que realmente importa. Lembre-se de que os psicopatas não alucinam e não deliram, eles podem ser extremamente inteligentes e sabem muito bem o que estão fazendo – o que parece ser o caso do assassino que procuras. Logo mais terás um retrato falado, mas não confie cegamente nisso. O homem que pretendes capturar não seria tão estúpido. – Ela fez uma pausa, ergueu as sobrancelhas e concluiu: – Torço que consigas encontrar logo o busílis!

Ao se despedir de Cristina, Leonardo Werther arrependeu-se de não a ter procurado antes, logo quando ocorrera o primeiro assassinato. Minutos depois de deixar a casa dela, o vento frio e o chuvisqueiro ainda eram intensos quando ele chegou na delegacia. Uma surpreendente revelação o aguardava no meio daquela manhã.

DEZOITO

Na tarde anterior, Aline passou na escolinha para apanhar Lucas e, em ato contínuo, dirigiu-se para uma clínica no Moinhos de Vento. As amostras de cabelo de Leonardo Werther ela pacientemente coletara ao longo das últimas semanas. Sempre que o observava passar as mãos nas madeixas fartas, sabia que de lá poderiam sair fios que contivessem os folículos necessários para o sucesso do teste de paternidade. Empenhada em facilitar a identificação dos marcadores genéticos, decidira também fornecer ao laboratório as suas próprias amostras de DNA.

Embora aquela decisão em si já representasse uma forte carga emocional, permitindo que ela finalmente pudesse encontrar uma resposta para a dúvida que tanto a atormentava, Aline passou a sentir um frio no estômago quando teve certeza de que estava sendo seguida a caminho da clínica. Enquanto subia pela 24 de Outubro, fingiu não perceber que um carro prata fizera uma ultrapassagem forçada a fim de não perdê-la de vista. Mais adiante ela se manteve na esquerda e, aproveitando-se de um atraso do motorista que dirigia na direita, ligou o pisca e dobrou acelerada na Hilário Ribeiro, novamente desafiando a perícia do homem que estava em seu encalço. Assim que virou na Rua Padre Chagas, enquanto entrava em um estacionamento, Aline percebeu que o carro suspeito havia parado a poucos metros de distância. Não tinha qualquer dúvida: o automóvel Mercedes C 200, de vidros escuros, observava os seus movimentos. Mas quem será que a estava seguindo? Gustavo não poderia ser, pensava ela. Andava sumido há dias, em viagem ao Paraguai – pelo menos foi o que ele dissera e o que os pais dele confirmaram. Mas e se estivesse mentindo? Qual o propósito de segui-la, se estavam separados e a única coisa que os unia era o filho? Por um breve instante Aline pensou no psicopata. Sabia que se enquadrava no perfil que o maníaco procurava. Por outro lado, não fazia sentido que aquela mente doentia quisesse atentar justamente contra a policial que o investigava. Não, ela estava delirando mais uma vez. Convencida de que aquele pensamento não tinha fundamento algum, Aline preferiu acreditar que se tratava de alguém ligado a uma outra investigação – que agora não conseguia desvendar, mas que descobriria em breve. Com Lucas no colo, que sentia o nervosismo súbito da mãe, ela caminhou acelerada na direção da clínica.

Dentro do carro, o homem que estivera no encalço de Aline sabia que, daquela distância, não poderia ser reconhecido e tampouco rastreado pelo número da placa. Ela também não arriscaria se aproximar com o filho no colo, pensava ele. Não era para Aline ter percebido que estava sendo seguida – fora um erro de percurso, mas isso agora já não fazia muita diferença. A hora dela estava chegando.

DEZENOVE

A Escola de Educação Infantil Aquário do Saber ficava em um trecho bastante arborizado da Rua Artur Rocha, muito próxima da Praça Gustavo Langsch, no charmoso bairro Bela Vista. Fossem internas ou externas, as atividades na escolinha costumavam ser bem intensas. No inverno, quando era possível ocupar o espaço reservado à pracinha de brinquedos, em frente ao prédio da creche, as crianças vibravam e se entretinham ainda mais naquele espaço lúdido.

Lucas subia e descia um domo metálico com invejável desenvoltura para a idade dele. Plantava bananeira e gostava de participar das brincadeiras coletivas, como esconde-esconde, pega-pega e ovo choco. Tinha o olhar aguçado e atento. Enquanto alguns meninos não eram tão sociáveis e jogavam areia nos colegas quando o espaço em que brincavam pudesse ser ameaçado, ou furavam a fila nos brinquedos com alguma agressividade, Lucas esperava sua vez e evitava o confronto o quanto podia. Certo dia, entretanto, construindo um bonito castelo de areia, ele não aturou o desaforo de um menino ruivo que jogou um balde na pequena torre que encimava sua obra-prima. Subitamente, partiu para cima e derrubou o menino, puxando-o aos berros pelos cabelos. As experientes cuidadoras tiveram que intervir rapidamente. Minutos depois, todos já haviam esquecido a refrega e estavam de volta aos gritos e pulos animados, como se nada tivesse acontecido.

No lado de fora da creche, observando por entre as grossas colunas redondas concretadas com PVC pintado em cores, disfarçando ao celular, um homem escorado ao carro acompanhava discretamente a rotina diária daquelas brincadeiras e travessuras, com a atenção especialmente voltada para os movimentos de Lucas. Na cabeça dele, não fazia sentido passar suas horas remoendo as cicatrizes do passado. A vida o colocara numa encruzilhada, e agora ele precisava levar a cabo sua missão.

LEMBRANÇAS ADORMECIDAS

VINTE

Por dias seguidos, os meios de comunicação de Rio Grande repercutiram o caso do jovem abastado que caíra do barco durante uma forte tempestade em alto-mar. As páginas dos jornais e a tevê local reproduziram à exaustão a imagem e a entrevista do primo sobrevivente, Guilherme Ramos, um jovem cujos cabelos encaracolados emolduravam o lindo rosto com olhos castanhos e encantadores.

Sentada em uma poltrona rasgada e suja, carcomida pelo tempo, uma mulher de não mais que 55 anos – porém consumida pelo cigarro e pelo uísque barato –, reconheceu pela televisão o olhar e o desenho do rosto do menino que deixara, havia muitos anos, na porta do Orfanato Casa das Clarissas. Não era possível que o passado ressurgisse de forma tão trágica e inesperada. De seu âmago afloraram as lembranças de tudo que acontecera naquele agosto de 1989. Era como se o destino estivesse batendo à porta. Precisava fazer alguma coisa. Ainda existia dentro dela um pequeno fio de vida, muito pouco, mas o suficiente para trazer à tona uma revelação que sempre a atormentara.

No dia seguinte, a mulher tomou banho, vestiu-se com dificuldade e teve pavor do que viu no espelho. Há tempos que não era vista na rua. Tinha vergonha de que as pessoas pudessem apontar o dedo para julgar a idosa acabada em que se transformara. No fundo, sentia nojo e desprezo por si mesma. A prostituta mais bonita e desejada da cidade, conhecida como Lulu – por quem os homens tolos faziam fila e muitas vezes brigavam para tê-la –, dera lugar a uma velha de dentes esparsos e amarelados, fisicamente fraca, pálida e doente. Relutava em sair. Por sorte fizera algumas economias, o que lhe permitia pagar para que alguém lhe trouxesse em casa tudo que precisasse. Se fosse ao hospital, não tinha dúvidas, seria diagnosticada com câncer de fígado – lera a respeito, e seus sintomas de dores agudas no abdômen, que não a deixavam dormir, correspondiam ao autodiagnóstico. Entretanto, mesmo que sofresse de autossabotagem, ela ainda sentia uma ponta de orgulho. Queria morrer em casa, sozinha, sonhando com seus tempos de diva Lulu, com todos os idiotas e babões derretidos aos seus pés. Lamentavelmente, recordava, seu reinado começou a ruir quando descobriu que estava grávida. Como se, depois de ter alcançado o apogeu na profissão, de ter vivido intensamente, um filho chegasse para sinalizar que era hora de fazer uma pausa antes de começar a descer a ladeira.

Naquela mesma manhã, tomou coragem e saiu. Após hesitar por alguns instantes, ela reuniu forças e foi bater à porta do local onde, muitos anos antes, deixara à própria sorte um menino que jamais deveria ter abandonado. Durante muitos anos de sua vida, mesmo morando em um bairro próximo, evitara passar ali em frente. As lembranças a deixavam amargurada, a corroía por dentro aquela triste ferida aberta, refletia Lulu, no escuro e no silêncio de si mesma. Mas agora não havia mais tempo. Se quisesse tentar consertar alguma coisa, era chegada a hora de assumir o crime que cometera, de prestar contas e pagar pelos erros de seu passado.

VINTE E UM

Assim que retornou do exterior, ele já não era mais a mesma pessoa, e oficialmente já não tinha mais o mesmo nome. Era hora de sair de Rio Grande. Havia tempo que os pais adotivos faziam planos de migrar para a capital do estado. Tinham imóveis e outros investimentos em Porto Alegre, e o filho poderia ajudá-los a administrar o patrimônio da família. No fundo, entretanto, a saída da cidade beneficiava em todos os sentidos.

Enquanto Guilherme estivera fora do país, Marta e Pedro Ramos foram visitados por irmã Magda, que, depois de muito hesitar, lhes relatou sobre a mulher que a procurara no orfanato, trazendo à tona as minúcias de uma história enterrada há mais de 20 anos. Apreensivos, os pais decidiram, naquele dia, que nada esconderiam quando ele regressasse da Europa. Seria, na opinião deles, uma decisão do próprio filho confrontar ou simplesmente ignorar seu passado.

No tempo em que passara na Inglaterra, Guilherme aprimorou o seu desprezo pela humanidade. Mantinha-se, obviamente, distante e camuflado. Sua máscara social era de um jovem atraente, sedutor, inteligente e bem-articulado. As mulheres, sobretudo as mais fragilizadas, continuavam amando-o cada vez mais. Usava e abusava delas, desprezando-as sempre que possível. Sabia que não podia colocar para fora a sua vontade de matar, então contentava-se em ser perverso. Certa vez, em um dos tantos tradicionais *pubs* de Londres, frequentado por brasileiros, conhecera Fátima, do Rio de Janeiro. Linda e sensual, a bela jovem bronzeada de vestido de linho branco atraíra a atenção de Guilherme, puxando-o para um abismo desconhecido. Mas ele avaliava aquele encontro apenas como mais um jogo de poder e sedução, inevitável e antagônico, uma disputa na qual simplesmente precisava provar que era o mais forte, colocando-a de joelhos. Naquele caso, porém, não foi o que se sucedeu. Depois de beberem e conversarem durante horas, Fátima de fato caiu de amores por aquele irresistível jovem galanteador. Quando deixaram o *pub*, Guilherme teve certeza de que naquela noite transaria com ela de todas as maneiras. Mais uma vítima aos seus pés, que na manhã seguinte imploraria para que ele ficasse. Iria trazer café na cama e, depois disso, ele poderia ou não amá-la novamente. Antes de sair, ele passaria um número errado de telefone, fingiria que também tomava nota do contato dela, mas jamais voltaria a vê-la. Eram todas umas tolas que serviam aos prazeres ilimitados dele. Entretanto, na porta do prédio que dava acesso ao apartamento dela, na famosa Baker Street, Fátima abraçou-o, fechou os olhos, beijou-o nos lábios e se despediu categoricamente, sem que ele tivesse tempo de protestar.

– Não sou igual às outras. Procure-me no Brasil quando você retornar – dissera ela, com uma voz quase inaudível já atravessando a porta de vidro.

Guilherme não conseguia acreditar no que acontecera. Sua frustração era tamanha que ele caminhou desconcertado por algum tempo. Precisava colocar para fora aquela fúria – de suas profundezas despertara o chacal adormecido. No escuro absoluto, atravessou o Regent's Park. Deitado em um dos muitos bancos do parque, avistou o que supôs ser um morador de rua, que dormia no local às quatro da manhã. Não teve dúvida. Em segundos, deu vazão à corrente inesgotável de raiva que tomara conta dele, num alívio súbito de prazer que se esgotou no escuro e no silêncio da madrugada.

Na manhã do outro dia, ele parou em uma banca de revistas e viu que os jornais sensacionalistas estampavam na capa a foto de um aposentado que fora estrangulado na noite anterior. Em uma das publicações, a matéria afirmava que se tratava de um morador boêmio e conhecido da região, que costumava sair para beber nos finais de semana e, não raro, deixava-se ficar nos bancos do Regent's Park antes de retornar para casa. Quando pegou nas mãos o *Daily Telegraph*, quase despercebido no pé da página, reservado às notícias de última hora, percebeu que havia um parágrafo que fechava com duas perguntas curiosas, se não intrigantes: por que alguém mataria uma pessoa indefesa sem o propósito de roubar-lhe os pertences? Será que temos entre nós um novo *serial killer*?

Depois de ler a notícia, friamente Guilherme largou o jornal na banca e seguiu caminhando. Não sentia medo, culpa ou arrependimento. Estava feito, e matar o fizera sentir-se feliz. Ele dormira bem e aliviado depois do golpe que levara de Fátima. Ela ainda iria pedir perdão, mas por enquanto não pensaria no assunto. Já era tempo de voltar ao Brasil. Era um novo homem, um predador implacável e sedento por vingança contra os seres humanos abomináveis e desprezíveis. Sua missão na Terra estava apenas começando. Mas isso era um segredo dele. Guilherme já não existia mais. Naquele instante, o psicopata respirou fundo, colocou as mãos nos bolsos das calças e continuou caminhando solene pela movimentada Oxford Street de Londres.

VINTE E DOIS

No momento em que entrou em sua sala na 1ª DP, Leonardo Werther surpreendeu-se com o olhar inquieto e apreensivo por trás dos óculos de Aline. Havia uma expressão de ansiedade em seu rosto e em seus movimentos. Ela caminhava nervosa de um lado para outro.

— Tudo bem contigo? Onde está o Cláudio?

— Não, não está tudo bem. O Cláudio precisou ficar por mais um tempo com o pessoal da Perícia no local onde ocorreu o ataque. Ele está verificando se encontraram alguma pista e também colhendo depoimentos de transeuntes que ajudaram a socorrer a mulher e o filho, quando ela parou o carro no meio-fio da avenida.

Aline disse tudo num fôlego só. Quando parou de falar, Leonardo pegou-a pelo braço, tentando acalmá-la.

— Espera! Além deste evento de hoje, o que mais não está bem? — inquiriu ele, olhando-a fixamente nos olhos.

– Ontem eu fui seguida enquanto estava com o Lucas. Em um primeiro momento fiquei pensando que pudesse ser o Gustavo, muito embora ele não tenha motivos para isso, acho eu. Mas depois o descartei porque sei que ele está em viagem ao Paraguai. Também descartei outras hipóteses, como por exemplo alguém que eu já tenha investigado e prendido – isso simplesmente não se encaixa. Está tudo muito confuso, não sei, cheguei a pensar que pudesse ser esse psicopata. Eu me enquadro no perfil de mulheres que ele procura, e provavelmente esse maníaco sabe que faço parte da equipe que o investiga.

Enquanto processava aquelas informações, Leonardo passou as mãos no rosto e nos cabelos. Em seguida, caminhou até o canto da sala para pendurar o casaco e, no instante em que ele se virava de frente, Aline aproximou-se para terminar de contar o que fora fazer na tarde anterior.

– Preciso te falar algo que escondo há muito tempo. O propósito da minha saída de ontem à tarde tem a ver contigo também. Decidi fazer um teste de paternidade porque desconfio que o Lucas pode ser teu filho.

Ela sabia o quanto era difícil fazer aquela confissão depois de tanto tempo. Há mais de três anos carregava consigo uma enorme angústia. Mas agora estava feito. Aline respirou fundo e aliviada, como se tivesse tirado um enorme piano das costas.

– Pronto, falei! – disse ela com os olhos buliçosos por trás dos óculos.

Talvez não fosse a melhor hora para ele receber aquela notícia. Mas quando haveria de ser? Embora fosse apenas uma suspeita dela, Leonardo não ficou incomodado. No fundo, vencendo seu desencanto com o mundo, sentiu emergir de dentro de si um sentimento bom e esperançoso. Num gesto terno, ele abraçou-a com carinho e compreensão.

– Está tudo bem! Seja como for estará tudo bem, agora te acalma, fica tranquila – disse ele com complacência, próximo aos lábios dela.

Ela queria beijá-lo. Queria muito, mas afastou-o com um movimento delicado.

– Espero que me desculpes por tudo que te fiz passar. Ainda tenho coisas a resolver antes de poder te dar um beijo novamente. Além disso, para que tudo se esclareça logo, eu preciso te fazer um pedido. A clínica hoje cedo me ligou dizendo que as amostras de DNA que levei não são confiáveis, eles precisam colher células epiteliais. – Ela respirou fundo antes de continuar: – Saliva! E de mais a mais precisam da tua autorização para fazer o exame. Eu havia tentado de outra forma, mas já não quero mais incorrer em erros. Podes fazer isso por mim?

– Posso sim, depois me passa o endereço e avisa que irei lá no final da tarde. Agora vamos nos concentrar no trabalho. O Cláudio deve estar chegando a qualquer momento. Por acaso chegaste a anotar o modelo e a placa do carro que te seguiu?

– Sim, já consultei, mas como esperava, a identificação do número estava adulterada. Verifiquei também o modelo Mercedes C 200, porém existem muitos, e nenhum que tenha sido roubado ou que tenha a placa parecida.

Quando Cláudio entrou na sala, o delegado ainda estava absorvido em meio àquela enxurrada de acontecimentos, informações e possibilidades. Tentava de algum modo organizar os pensamentos pessoais e, sobretudo, os assuntos profissionais que urgiam.

– Muito bem, o que mais temos para poder prender o nosso maníaco? – perguntou Leonardo, voltando-se para o comissário.

– Delegado, não vais acreditar... Adivinha quem foi visto em uma câmera de segurança, passando de carro hoje cedo na José de Alencar?

Sem esperar por resposta, Cláudio fitou Leonardo e Aline e em seguida acrescentou:

– Eduardo Castanho de Moraes.

VINTE E TRÊS

De novo, os pensamentos afloravam desconcertados e ininteligíveis na cabeça de Leonardo Werther. Assim que recebeu a informação de que Eduardo estivera nas proximidades onde ocorreu o ataque naquela manhã, o delegado pediu que Cláudio o convidasse para esclarecimentos naquela mesma tarde. Em caso de recusa, um mandado de prisão preventiva deveria ser imediatamente expedido junto ao Judiciário contra o publicitário. Para surpresa da equipe, entretanto, Eduardo não apenas confirmou que estava em Porto Alegre como, sem pestanejar, prontificou-se a comparecer à delegacia a qualquer momento.

"Procure alguém que esteja acima de qualquer suspeita", dissera a psicanalista Cristina Cintra, "trata-se de um homem criativo e ardiloso... Fique atento à sutileza dos detalhes da investigação. Os psicopatas são atores que representam muito bem." As palavras da amiga chegavam eloquentes aos pensamentos de Leonardo. Contudo, pensava ele, bastava a vítima reconhecê-lo e estaria tudo acabado, o quebra-cabeça estaria montado e o caso, encerrado. Embora fosse uma hipótese plausível, o delegado intimamente sabia que aquilo era apenas um mero devaneio. Na cabeça dele agitava-se um redemoinho de perguntas e nenhuma resposta convincente. Quem era a mulher que o estava seguindo? Quem seguira Aline na tarde do dia anterior? Eduardo escondia algo, mas seria ele o psicopata que estavam procurando? Uma coisa era certa: o *serial killer* falhara e já não estava no controle. Portanto, ele precisava aproveitar as frestas daquele flanco para contra-atacar.

No início da tarde, Eduardo fora o primeiro a chegar. Vestido discretamente, mas sóbrio e elegante, foi logo se encaminhando à sala do delegado. Dessa vez ele entendeu que não conversaria a sós com Leonardo.

— Vou direto ao ponto: o que foste fazer esta manhã na Avenida José de Alencar? Não digas que estavas indo para o trabalho, porque tua agência fica na Zona Norte. E sem querer ser indiscreto, não me digas que estavas procurando a casa de mais uma das tuas amigas... – despejou o delegado, impaciente.

— Doutor, desta vez eu não sei por que estou aqui. Mas acredite o senhor ou não, eu fui hoje cedo visitar um cliente. Se quiseres, podes ficar à vontade para ligar e confirmar com ele. Estive em reunião das 9h às 10h30 no Edifício Monalisa 123, e as câmeras de segurança do prédio não me deixam mentir. Portanto, não tenho mais nada a esconder.

— Muito bem. Serei claro e direto. O homem que procuramos atacou hoje pela manhã no Menino Deus. Por sorte a vítima sobreviveu, e já deve estar no lado de fora da sala, aguardando para dar seu depoimento – disse Leonardo, com seus olhos duros e penetrantes voltados para ele. – Mesmo que ainda esteja abalada, acredito que ela poderá reconhecer o rosto do homem que a atacou.

Sem qualquer hesitação ou movimento que o denunciasse, Eduardo apenas cruzou as pernas e olhou fixamente para o delegado.

– Pois bem, doutor, vamos acabar logo com isso. Na última vez que conversamos eu não lhe contei toda a minha história, mas a verdade é que estive aqui no bairro por outro motivo. Eu havia lhe falado sobre a Débora e o tal roubo do notebook, fotos, vídeos perdidos etc. Mas eu menti. Estava, sim, escondendo algo importante: ela não furtou nada – fui eu que me apaixonei por uma pessoa cujo nome verdadeiro talvez até desconheça. Débora virou uma completa obsessão na minha vida. Não sei explicar o fato de, mais uma vez, eu estar no local errado na hora errada. O que posso dizer? Raios não costumam cair duas vezes no mesmo lugar, é verdade, mas lhe asseguro que neste caso apenas aconteceu uma enorme coincidência. Para encerrar tudo isso, faço questão de cumprimentar a pessoa que sobreviveu ao ataque do homem que vocês estão tentando encontrar. E se não for lhe pedir demais, antes de ir embora, gostaria que me devolvessem o meu telefone celular.

Aos olhos de Leonardo Werther e sua equipe, mesmo sem demonstrarem, a história narrada pareceu convincente, principalmente quando ele se ofereceu para conhecer a vítima.

– Infelizmente não poderei apresentá-la, mas mostraremos a ela algumas fotos suas. Cláudio irá acompanhá-lo até a porta e, caso necessário, entraremos em contato novamente.

— Tudo bem, doutor. Como disse da última vez, estarei à disposição e não pretendo fazer nenhuma viagem. Com licença.

Eduardo já estava próximo da porta de saída quando o delegado se levantou da cadeira e dirigiu-se novamente a ele:

— Tenha cuidado. Obsessões roubam o nosso equilíbrio.

Eduardo fez apenas um lacônico aceno com a cabeça e saiu da sala.

— Não é ele o nosso homem – disse Leonardo resoluto quando a porta se fechou.

— Como tens tanta certeza? – quis saber Aline, fitando-o com curiosidade.

— Não existe nada de novo sob o sol nas relações humanas. Ele é apenas mais um sujeito perdido e carente no mundo.

Nesse momento, o comissário Cláudio entrou acompanhado de Joana e seu marido, Maurício Freire.

— Sentem-se, por favor – disse o delegado em tom solene, depois dos cumprimentos formais.

Joana Freire narrou em detalhes tudo que acontecera naquela manhã. Estava emocionada, saudosa e agradecida ao pai que a incentivara, aos 13 anos de idade, a ingressar em uma academia de artes marciais. Não fosse o estímulo ao desenvolvimento de suas habilidades físicas e motoras, ela jamais estaria ali para contar como sobrevivera. Ao ser confrontada com as fotos de Eduardo, ela descartou-o categoricamente:

— Esse maníaco que procuram tem a pele mais clara e sobrancelhas grossas. Tem olhos azuis e um nariz aquilino.

Ele tem também uma testa larga e bem definida. Este rapaz da foto, apesar de bem-apessoado, não se parece em nada com ele.

À medida que ela descrevia as características físicas do psicopata, o datiloscopista, fazendo uso de um imenso banco de imagens cadastradas no computador da Polícia, montava e moldava, com perícia cirúrgica, o retrato falado do suspeito. Ao final, o *serial killer* tinha um rosto e o delegado tinha uma única certeza: aquela ainda não era a face do homem que procuravam.

Depois de todos os protocolos, Leonardo e sua equipe agradeceram e liberaram o casal.

– Vamos divulgar este retrato para a imprensa, para todas as delegacias, Polícia Federal e para a Brigada Militar. Tome conta disso, Cláudio, por favor. Agora vocês me deem licença, que já estou atrasado para um compromisso.

E nesse instante ele virou-se para Aline, que o fitava com olhos cúmplices.

VINTE E QUATRO

No caminho de volta para casa, assim que embarcou no Trensurb, Leonardo Werther refletia sobre aquela notícia inesperada: a possibilidade de ser pai de um menino de 3 anos de idade. Ele sofrera em silêncio na altura em que Aline decidira se afastar. Foram muitas e longas noites insones, nada que já não fosse uma constante em sua vida, mas agravadas pela dor da ausência da mulher por quem ele se apaixonara perdidamente. Ela estivera lá, sempre presente. Seu cheiro no travesseiro. Sua escova de dentes, seu secador de cabelos, seus cremes e shampoos. Tudo ali bem próximo, na intimidade do quarto, torturando-o, enquanto inconscientemente esperava que ela voltasse e encontrasse suas coisas nos devidos lugares. Ainda demoraria meses para que ele decidisse recolher tudo e guardar num armário, até que ela pedisse ou fosse buscar. Mas isso não aconteceu. Ele entendera que, aos cinquenta e poucos anos de idade, não seria sensato querer o amor de uma mulher 20 anos mais jovem. Aline tinha o direito de tentar salvar o casamento, e tudo que ele poderia fazer era respeitá-la. Semanas depois de ela ter partido, as quais pareceram séculos, ela anunciou que estava grávida – talvez simplesmente pelo fato de já não conseguir mais esconder a barriga que crescia. Em nenhum momento, nem por um instante, passara-lhe pela cabeça que pudesse ser ele o pai do filho que ela esperava. Aline estivera feliz no período de gestação – ou parecia estar –, Leonardo lembrava-se bem disso, e nada nela denunciava que tinha alguma dúvida. Enfim, estava surpreso. Naquela manhã, ele voltara a sentir que ela ainda o amava e sentira sua falta. Afinal, o publicitário tinha razão, pensou ele, lembrando-se de Eduardo.

Naquele horário, entravam mais pessoas do que saíam, enchendo paulatinamente os carros do metrô. Na chegada à Estação Canoas, ele ainda estava absorto em pensamentos quando alguém bateu em seu ombro:

– Estás distante, meu amigo, tudo bem contigo? – disse João Pedro com seu largo sorriso no rosto.

– Estava aqui pensando que estou te devendo um vinho. Quando vamos jantar? – perguntou Leonardo enquanto chegava para o lado, a fim de que o amigo pudesse sentar-se apertado.

– Vamos hoje. E nem pense em passar em casa para pegar vinho. Na semana passada fomos visitar a Vinícola Pizzato, que tu tinhas indicado. A enóloga, muito gentil e simpática, nos deu uma verdadeira aula de harmonização. Agora, com os ensinamentos da Ana, já estou habilitado para discutir rótulos em pé de igualdade contigo – falou João Pedro com um fino sarcasmo, antes de continuar:

– Aquele vinho Merlot deles é realmente muito bem estruturado e elegante. Achei interessante a história. Parece que foi por volta do ano de 1999 que produziram o primeiro, pois, até então, o Vale dos Vinhedos inteiro apostava no Cabernet Sauvignon. Quando o lançaram, entre 2000 e 2001, o vinho era vendido a baixíssimo custo e as pessoas chegavam e levavam caixas e caixas. Mas teve um dia que o tal Merlot foi levado, sem que a Pizzato soubesse, para uma degustação às cegas de vinhos brasileiros. E o que aconteceu?

– Foi o vinho mais premiado do concurso – respondeu Leonardo, enquanto um sorriso lento ia tomando conta de seu rosto, movido pelo entusiasmo do amigo.

– Muito bem! Isso mesmo! E como andam as investigações? Era nisso que vinhas pensando?

– Estamos avançando... Hoje tivemos uma pequena vitória, mas não sei se estamos próximos de prender o *serial killer*. Contudo, não era isso que me ocupava os pensamentos quando chegaste – disse Leonardo em tom menos descontraído.

– E o que era?

– Que eu precisava te levar uma garrafa de vinho e pagar a promessa de comer uma lasanha na tua casa.

Sorriram mutuamente sem saber quantas estações ainda faltavam para descerem. Aquela distração acabaria por fazer bem aos pensamentos do delegado. Era como uma chuva que limpava tudo, permitindo que aflorasse um certo alívio por algumas horas.

VINTE E CINCO

O comissário Cláudio Saenger andava ainda mais exausto desde que começaram os ataques do psicopata. Sonhava em pedir férias e viajar à Europa com a namorada, tão logo conseguissem prender o maníaco que há dias tirava-lhes o sono. Com o retrato falado divulgado nos meios de comunicação, acrescido de uma recompensa para quem ligasse ao Disque Denúncia, Cláudio acreditava que agora seria uma questão de horas para receberem alguma pista concreta do paradeiro do *serial killer*. Já não era sem tempo, pensava ele. Estavam na terceira semana do mês de agosto. Contabilizavam quatro vítimas, duas numa diferença de apenas dois dias. Felizmente a última não perdera a vida; pelo contrário, estava ajudando-os na identificação do criminoso. Ele chegara a se iludir com a ideia de ter resolvido tudo pela manhã, quando vira o carro de Eduardo Castanho de Moraes por meio das câmeras de segurança. Antes de informar ao delegado Werther, por iniciativa e cautela, tomara logo providências de deixar um investigador no encalço do publicitário. Mas a equipe estava enganada.

Cláudio sabia de tudo que se passava entre Aline e o delegado. Eram bons amigos, e naquele mesmo final de tarde ela confidenciara a ele sobre o teste de paternidade. Intimamente, sempre soubera dos sentimentos que Aline nutria pelo chefe. Sabia dos conflitos amorosos dela, das idas e vindas com o ex-marido, do atual relacionamento com William – e sentia-se até um pouco culpado. Afinal de contas ela o conhecera em sua casa, por sugestão de sua namorada Júlia. No fundo, entretanto, Cláudio torcia para que a amiga ficasse com o delegado, ainda mais agora diante da possibilidade de ele ser o pai do menino. Mas as coisas não seriam tão simples assim: primeiro ela precisaria terminar o namoro. Até aí tudo bem, eles estavam há pouco tempo juntos, três ou quatro meses. Bastava uma conversa franca que William compreenderia. O maior problema, imaginava Cláudio, consistia em Aline contar a verdade para Gustavo, seu ex-marido. Será que ele seria capaz de entender? Mas não havia outra saída. Concordava com a amiga que era chegada a hora de colocar as cartas na mesa, caso quisesse ser feliz. "Quando a dor de não estar vivendo for maior que o medo da mudança, a pessoa muda", dissera-lhe ela, citando Freud, antes de se despedirem na esquina da delegacia.

Tudo aquilo acontecia em meio à mais desafiante investigação que já tiveram de enfrentar juntos, refletia o comissário. Outras questões também o atormentavam. Supostamente uma mulher estava seguindo o delegado, e um carro prata esteve no encalço de Aline na tarde anterior. Embora enxergasse alguma esperança no horizonte, ele tinha a sensação de que vagavam às cegas na encosta de um vulcão prestes a entrar em atividade.

Lembrou-se do trauma que vivera há mais de 20 anos. Num final de tarde como aquele, pegara o carro do pai e saíra para um passeio com a namorada. O escuro quase predominante por um defeito nos faróis e o chuvisqueiro repentino reduziram-lhe a visibilidade, ao ponto de ele não ver um carro parado à sua frente. De repente um estrondo, um choque inesperado, e o mundo estava suspenso. Quando ele acordou, minutos depois, chovia ainda mais forte. Havia muita gente em volta. Som e luzes de ambulância, lanternas e viaturas de polícia. Tudo rodava em sua cabeça. Ele conseguiu olhar para o lado e ela estava lá. Com a cabeça voltada para ele, Silvia tinha o rosto quase que completamente coberto de sangue, mas seus olhos estavam abertos. No lado de fora do veículo, ouvia-se o som de um maçarico cortando as ferragens, enquanto partículas de limalha voavam em direções opostas, em forma de fagulhas brilhantes, libertando um cheiro de fumaça que impregnava o espaço reduzido no qual estavam presos. Alguém no lado de fora, insistentemente, repetia: "Fique parado, não se mexa". Foi quando ele percebeu que sua namorada estava esmagada entre o banco e a estrutura metálica do carro. Com muito esforço, Cláudio conseguiu esticar o braço e alcançou o rosto gelado dela. "Você vai ficar bem", dissera ele. Mas não iria. Silvia piscou os olhos e pediu que ele a beijasse. Segundos depois ela se foi para sempre.

O crepúsculo gradiente do final do dia realçava as sombras frias das esparsas árvores da Riachuelo. Agosto era um mês triste, pensou Cláudio, enquanto descia a Caldas Júnior na direção da Rua dos Andradas. Precisava pegar o carro que deixara para lavar em uma garagem próxima dali, na Siqueira Campos. Estava cansado, todos estavam, e razões para estarem vivendo na corda bamba não faltavam. Na penumbra do entardecer, ele intuitivamente antevia um confronto inevitável que se desenhava por meio de caminho que já não se podia retroceder. Lidar com monstros era mesmo complicado. Era preciso ter serenidade para não se transformar em um deles, refletia, lembrando-se de Nietzsche. Quando se olha muito tempo para um abismo, o abismo pode estar olhando de volta para você.

VINTE E SEIS

Na manhã do dia seguinte, quinta-feira, o retrato falado do maníaco já era manchete nos programas de tevê e nas capas dos principais jornais em circulação. A extensa cobertura por parte da mídia descrevia os pormenores do ataque à vítima ocorrido no bairro Menino Deus. Segundo ilações da imprensa, divulgadas à revelia da equipe da 1ª DP, a Polícia estava se preparando para capturar o *serial killer* a qualquer momento, dado o elevado número de pessoas que já haviam ligado para o Disque Denúncia informando sobre o paradeiro do assassino.

Sentado em frente à tevê, o psicopata sorria enquanto morosamente mexia com o indicador direito as esferas de gelo dentro do copo de uísque. A quase caricatura que o descrevia, recriada em computador, estava muito longe de revelar sua verdadeira identidade facial. Se tivesse que destacar um mínimo de êxito, um pequeno traço naquela fisionomia, ele daria nota sete ao nariz aquilino reproduzido na imagem. No mais, mesmo que cônscio de suas ações cruéis e transgressoras, estava convencido de que poderia continuar saindo tranquilamente à rua, sem correr o risco de ser reconhecido.

Tinha assuntos profissionais a tratar e precisava seguir como se nada estivesse acontecendo à sua volta. Aquela falha de percurso não comprometera o plano original.

Enquanto caminhava, o psicopata refazia mentalmente as conexões e os detalhes de sua busca por vingança. Ele desprezava a vida humana e sentia-se recompensado cada vez que matava. As mulheres jovens eram suas vítimas preferidas. Todas traidoras e mentirosas que, cedo ou tarde, acabavam por abandonar seus filhos. Mais do que atormentar a Polícia, sua raiva também consistia em ferir uma pessoa em particular. A escolha do Centro Histórico se mostrara acertada, refletia ele. Além de o bairro garantir certa discrição e facilidade por meio de uma boa rota de fuga, atingira o alvo certo. Seus crimes estavam tendo uma excelente visibilidade midiática ao serem executados no coração da cidade de Porto Alegre. A arquitetura e execução daquele plano o deixavam em êxtase. Sua astúcia e inteligência, mesmo se considerar sua falha no Menino Deus, também serviram para desmoralizar a Polícia e as autoridades.

Sorriu novamente em silêncio, como se fosse uma hiena faminta ao encontrar uma presa perdida e indefesa na savana. Minha obra ainda não está acabada, pensou ele, mas no momento precisava fazer um recuo de alguns dias, a fim de que pudesse avaliar com mais clareza os desdobramentos do espectro daquele jogo de xadrez.

Na entrada do prédio onde trabalhava, como mágica, alterou completamente o semblante antes de cumprimentar o porteiro.

– Bom dia, Seu Antunes! Como tens passado? – Agora o psicopata usava a máscara de uma pessoa educada e jovial. Intimamente seguro de seus disfarces, sem nenhuma culpa, ele continuaria acima de qualquer suspeita.

VINTE E SETE

Os dias passavam e eles entravam na última semana de agosto. No decorrer daquele mês, o frio de ventos cortantes e as frequentes chuvas de inverno disputavam o protagonismo em meio a uma desoladora atmosfera de céu encoberto. A vida e as suas incertezas seguiam seu curso. Depois da divulgação massiva do retrato falado do psicopata, apareceram inúmeras denúncias, porém todas inócuas, que não levavam ao paradeiro do assassino que procuravam.

Dentro do metrô, a caminho da delegacia, o delegado Werther refletia que pelo menos aquela busca ganhara um clima de otimismo externo, fazendo com que o andamento da investigação alcançasse um largo apoio da opinião pública e dos meios de comunicação. Não que antes todos não estivessem empenhados em divulgar, ajudar e sobretudo pressionar a Polícia por uma solução, refletia Leonardo. Mas, bem ou mal, o maníaco agora tinha um rosto – já não se tratava mais de um inimigo oculto que trabalhava na sombra. Embora aquele ânimo todo devesse ser encarado sem condescendência, intimamente o delegado imaginava o porquê de o *serial killer* estar retraído. Não acreditava que ele estivesse com medo, claro, mas como um bom jogador, não arriscaria um movimento sem antes ter certeza de que não seria apanhado de surpresa – a Polícia agora estava no ponto cego dele. Por outro lado, a análise que Leonardo Werther fazia apontava para dois cenários possíveis e completamente distintos: o primeiro e menos próvavel consistia na hipótese de o assassino ter migrado para outra cidade ou estado, onde poderia continuar cometendo seus crimes bárbaros sem que estivesse sob uma forte vigilância policial. Em segundo lugar, e fazia mais sentido na cabeça do delegado, era que ele tinha um plano inconcluso e, portanto, estava arquitetando mais um golpe para humilhá-los – mesmo que fosse uma jogada final de uma mente diabólica. Não era possível que, do alto de seu narcisismo, ele tivesse se dado por vencido.

Antes de o metrô parar na Estação Mercado, Leonardo voltou o olhar para o Guaíba e contentou-se por não estar chovendo naquela manhã. Por alguma razão ocorreu-lhe que se tratava de 24 de agosto, data que marcava mais um aniversário do suicídio de Getúlio Vargas, ocorrido no Pálacio do Catete no ano de 1954. Com tantos problemas para se preocupar, ele se perguntava por que, sem mais nem menos, afloravam lembranças como aquela. Foi neste exato instante que o telefone tocou.

– Estou sendo seguida aqui na Farrapos, a caminho da delegacia – disse Aline, com medo na voz. E continuou, apressada: – É o mesmo carro Mercedes prata que me seguiu na semana passada. Ele está colado na traseira.

– Continua, não para! Eu estou descendo do trem agora. Vem na minha direção que te encontrarei aqui na Mauá. Não desliga o telefone para eu saber onde tu estás. Desde onde percebeste que ele está atrás de ti?

– Eu não sei. Só vi quando tive que parar no semáforo que cruza a Sertório. O carro encostou de leve atrás de mim, mas deu pra sentir a batida. E de repente começou a acelerar alto, queria me intimidar. Quando arranquei e consegui tomar alguma distância, ele saiu costurando. Me ultrapassou pela esquerda, freou e depois voltou a ficar colado atrás do meu carro. O que eu faço? Já estou próxima da Ramiro, espera...! Ele está me fechando de novo, louco, vai bater...

Teve um primeiro estrondo. Em seguida, uma segunda batida forte e um silêncio no outro lado da linha, como se o telefone tivesse caído da mão de Aline.

O delegado conferiu, por dentro do casaco, a pistola Taurus .40 firmemente presa ao coldre, enquanto aguardava aflito a parada do metrô. Quando as portas se abriram, ele rapidamente alcançou as escadas rolantes que dão acesso ao túnel que atravessa a Avenida Mauá e a Júlio de Castilhos, sem que fosse preciso enfrentar o tradicional conglomerado de pessoas que avançam na direção do Mercado Público para depois se dissiparem pelo centro da cidade. Foi só o tempo de descer e subir acelerado as escadas que conduzem para fora da estação, e ele percebeu que o sinal caiu e já não tinha nem o silêncio no outro lado da linha. Quando chegou na Mauá, tentou ligar para ela, mas a chamada caiu na caixa postal. Tentou mais uma vez, e nada. Sem esperar, Leonardo disparou pela calçada, atento aos carros que vinham costeando o muro de blocos de concreto do Trensurb. Depois de ter corrido cerca de 300 metros, viu que um carro dirigia lentamente com os sinais de alerta acesos na pista da esquerda. Era ela. Aquele Ford Fiesta azul pertencia a Aline. Percebeu que o espelho retrovisor esquerdo estava pendurado, bem como a lateral do paralama e a porta do motorista estavam amassados. Quando ela o avistou, imediatamente encostou. Ele correu na direção do carro, mas a porta estava travada e o vidro, quebrado. Rapidamente abriu a porta do caroneiro e, cuidadosamente, abraçou-a. Ela chorava, mas estava bem, não sofrera nenhum arranhão, apenas o susto provocado pelas batidas.

– Os vidros eram muito escuros, não deu para ver quem estava dentro do carro. Nunca faço essa rota, mas hoje quis aproveitar para passar na autorizada para ver um ruído no painel – disse ela, soluçando.

– Agora calma, passou, vamos descobrir quem fez isso. Vai ficar tudo bem. Tens certeza de que o Gustavo está em viagem ao Paraguai?

– Tenho, sim. Ele ligou ontem à noite, era de um número internacional. Queria saber notícias do Lucas. Falou ainda que voltaria no próximo final de semana.

Leonardo Werther estava desconfiado. Qualquer um poderia ter um chip internacional e usar quando julgasse oportuno, sem necessidade de estar fora do país. Por que o ex-marido estaria querendo assustá-la? Sabia de suas incursões no submundo das drogas e do crime organizado, mas ele não tinha histórico de violência, tampouco agressão.

– Tudo bem, vamos embora daqui!

O delegado ajudou Aline a sair do carro e empurrou o automóvel até uma garagem próxima, quase em frente de onde estavam. Depois de mostrar seu distintivo, ele retirou a cadeirinha do banco de trás e solicitou ao manobrista que estacionasse o veículo até a chegada do guincho, que não tardaria. Ironicamente, apanharam um táxi e dirigiram-se em silêncio para registrar a ocorrência na delegacia. Aline insistira que estava bem e não quis que o delegado pedisse que a levassam para casa.

Ainda naquela manhã, por meio de uma busca pelas câmeras de segurança e com o apoio da Brigada Militar, eles conseguiram localizar a Mercedes C 200 prata. O veículo estava abandonado em uma praça bem arborizada na Rua Brito Peixoto, bairro Passo d'Areia, sem qualquer impressão digital ou pista que ajudasse na localização da pessoa que o dirigia. Pelo registro do chassi, descobriram que se tratava de um carro que fora roubado uma semana antes, no município de Canoas, no entanto, constataram que o dono morava sozinho e estava viajando de férias pela Europa, razão pela qual ele ainda não havia identificado o roubo em sua residência. A pessoa que furtou provavelmente sabia que o dono estava ausente e, portanto, com a placa adulterada, seria difícil chegar ao verdadeiro proprietário, a menos que fosse parado em alguma blitz.

O restante do dia foi marcado por novas denúncias e buscas aos potenciais suspeitos. Alguns já haviam sido investigados, e gradativamente vinham sendo descartados pela força-tarefa coordenada pela 1ª Delegacia de Polícia. Pareciam repetitivas aquelas diligências, mas o importante é que eles estavam em constante movimento. Atuavam no ataque e não mais na defesa, e isso acabava por fazer uma enorme diferença.

No final da tarde, o comissário Cláudio encarregou-se de dar uma carona a Aline, que precisava apanhar o filho na escolinha. Eram praticamente vizinhos: ele morava no Moinhos de Vento e ela, no Mont'Serrat, ambos bairros nobres da cidade de Porto Alegre. Cláudio precisaria apenas dirigir mais algumas quadras a fim de deixar Aline e Lucas em casa, além de saber que estariam protegidos com ele.

Já passava das 19h quando Leonardo Werther terminou de colocar a burocracia do final de semana em ordem. Não tinham novidades quanto ao paradeiro do assassino, mas sabiam que se aproximavam dele. A extensão daquela busca estava diminuindo dia a dia. Por certo o retrato falado não revelara a identidade do *serial killer*, pensava o delegado, caso contrário eles já o teriam apanhado. Permitia-se acreditar que o homem estava acuado, reavaliando o terreno antes de pensar em sair à rua novamente, o que acabava por roubar-lhe ainda mais o raro sossego.

Leonardo se preparava para sair. Havia desligado o computador, colocado o casaco, o cachecol e as luvas, mas de repente o telefone de sua mesa tocou.

– Delegado, tem uma mulher na linha que quer falar com o senhor – disse o atendente do balcão da delegacia. E continuou: – Informei que achava que o senhor já tinha saído, mas ela insistiu que passasse a ligação para a sua sala, dando a entender que sabia que ainda o encontraria por aqui...

– Tudo bem, Josias.

– Alô, aqui é o delegado Werther. Quem está falando?

– Boa noite, delegado...

Fez-se um longo silêncio no outro lado da linha. Aquele momento de hesitação intrigou Leonardo, que voltou a insistir.

– Por favor, quem está falando?

– Meu nome é Magda, sou uma freira. Tenho informações que podem levá-lo ao paradeiro do assassino que estão procurando – disse ela, novamente hesitante, e agora com a voz embargada.

– Sim, por favor, estamos desesperados atrás de pistas que nos ajudem a capturar esse psicopata.

– Eu, eu, sei onde ele está... Meu Deus, não, eu não posso... Ele não quer fazer... – disse ela com a voz trêmula e fraca, ao mesmo tempo que começou a chorar no outro lado da linha. Um novo silêncio se fez.

– Senhora! Por favor, fale, diga o que sabe! – disse Leonardo quando ouviu o telefone ser desligado entre lágrimas e soluços.

VINTE E OITO

Aline estivera evitando falar com William no final de semana. Telefonaram-se, trocaram mensagens, mas não se viram. A justificativa era que ela precisava cuidar de Lucas, que estava se recuperando de um resfriado – o que era verdade. No entanto, bem no fundo, Aline também estava procrastinando o momento de romper com ele. Se quisesse reatar com Leonardo, precisava resolver logo sua situação com William. Ele era uma boa pessoa, "um excelente partido", nas palavras da mãe de Cláudio. Não demoraria a encontrar alguém que o fizesse feliz. A caminho de casa, logo que saíram da delegacia, ela comentou com o amigo, no carro, o quanto lamentava o fato de Júlia e Teresa terem feito gosto e dado tanto apoio ao namoro. Além disso, confidenciou a ele que estava apreensiva aguardando o resultado do teste de paternidade, programado para a próxima quarta-feira, ou seja, dali a dois dias.

— Nada tem sido fácil ultimamente – comentou Cláudio antes de prosseguir, sem olhar para Aline. – Mal começamos a semana e já foste seguida, bateram no teu carro e nem ao menos temos um suspeito. Estamos há dias correndo atrás de denúncias e pistas infundadas, que não estão nos levando a lugar algum. Depois da revelação do retrato falado na semana passada, imaginei que seria uma questão de horas para prendermos o *serial killer*. Concordo com o delegado quando ele diz que estamos fechando o cerco e que o assassino está acuado, mas estarmos um passo à frente não é garantia de nada. Ele continua à solta e pode voltar a atacar a qualquer momento.

— Eu te confesso que também não estou mais suportando toda esta pressão. Está mesmo difícil segurar a onda. Mas o que vamos fazer? Temos que enfrentar, paciência. Algo me diz que tudo vai se resolver logo, assim espero – disse ela. E continuou o desabafo: – Liguei para o William, ele vai lá em casa mais tarde. Hoje preciso colocar um ponto final nessa história. Quando eu chegar, vou dar banho no Lucas e deixá-lo na casa dos avós. Isso é outra coisa que nem sei como resolver, caso... Bom, melhor nem pensar nisso agora.

— Boa sorte, então! – disse Cláudio, desta vez virando-se para Aline. – Vamos fazer o seguinte – continuou ele – não tem ninguém nos seguindo, portanto, me deixa em casa. Eu não irei sair hoje à noite. Fica com o carro e amanhã tu me apanhas depois de deixares o Lucas na escolinha, pode ser?

— Claro, Cláudio, se não for incômodo, eu te agradeço.

Logo em seguida, ele estacionou o carro na Rua Félix da Cunha, próximo ao Moinhos Shopping, e Aline desceu para assumir o volante. Ela precisaria acelerar a fim de poder apanhar o filho no bairro Bela Vista e dirigir-se logo para casa. Embora fosse tudo próximo, o horário não ajudava muito. Por sorte o Fiat Cinquecento de Cláudio era bastante versátil para circular na cidade, pensava ela, enquanto corria para resolver tudo que havia planejado.

Sozinha, depois de tomar banho, ela sentou-se no sofá e serviu-se de uma taça de vinho. Precisava concentrar-se no que diria ao namorado, mas o que aflorou naquele momento foram os seus medos e angústias. Alguém tentara machucá-la pela manhã. Mas por que razão? Teria sido o psicopata? Não, claro que não, aquele não era o *modus operandi* dele. A pessoa que a seguira estava com raiva, queria chamar sua atenção, assustá-la de alguma forma. Em seguida, seu pensamento voltou-se para o delegado. Notara que ele também estava ansioso em saber sobre o teste de DNA, mas era discreto o suficiente para não ficar lhe perguntando. Aline ainda não sabia como seria depois de quarta-feira, quando finalmente recebesse o resultado do exame, mas queria muito que fossem felizes juntos. Ele dissera que estava tudo bem, Leonardo a amava e... Foi quando a campainha tocou.

Na manhã seguinte, enquanto se dirigia para pegar o filho na casa dos ex-sogros e levá-lo para a creche, ela recordava o seu encontro com William. Ele chegara com uma garrafa de vinho nas mãos, mas no fundo – como confessara depois – já antevia o que estava se passando desde a última vez em que estiveram juntos. Conversaram longamente. Aline não quis se perder em desculpas e subterfúgios, como geralmente acontece nessas horas. Estava decidida a mudar sua vida e preferiu ser direta e sem rodeios. Havia adotado um tom sincero e abriu seu coração para William, contando toda a verdade sobre seu passado, mas sem deixar que o assunto deslizasse para águas profundas. Ao final da conversa, ela percebera uma natural decepção da parte dele. Embora, lembrava-se agora, ele ainda tenha se aproximado para beijá-la, como se fosse uma última tentativa de fazê-la mudar sua decisão. Mas ela resistira educadamente. Ficariam amigos. Ele era um bom homem, bonito e amável, mas ela já não se permitia mentir para si mesma.

VINTE E NOVE

Intrigado com o telefonema que recebera da freira, Leonardo sabia intuitivamente que estavam muito próximos de capturar o assassino. O que o intrigava é que nada de novo acontecera nas últimas 24 horas. O delegado entendia que a ligação da freira com o psicopata era muito forte. Havia ali um laço antigo que talvez explicasse o porquê de ela não ter conseguido ir à frente com a denúncia, tendo de travar dentro de si uma batalha impiedosa entre o amor e a culpa por tudo que estava acontecedo. Naquele dia eles haviam varrido os conventos, orfanatos e casas de auxílio de Porto Alegre por onde as freiras estavam espalhadas, porém não localizaram nenhuma Magda. A única referência, dada por uma freira frágil e senil da Casa das Irmãs Carmelitas, do bairro Cidade Baixa, era de que conhecia apenas uma irmã chamada Magda, mas que pertencera ao grupo Casa das Clarissas, em Rio Grande, e que há anos já não se viam. Ela sabia que a freira devia ser ainda jovem, mas desconhecia se a irmã havia migrado para outra localidade. Seria como procurar uma agulha no palheiro.

Ao sair da delegacia, Leonardo assegurou-se de que não estava sendo seguido. Na noite anterior ele já havia juntado as pontas daquele pequeno mistério: a freira era a pessoa que por algumas vezes se aproximara dele nas ruas do Centro Histórico. Era também a mulher que vira dentro do metrô. Mas por que ela o avaliava a distância e ao mesmo tempo o evitava? Por que simplesmente ela não fez uma denúncia anônima? Haveria mais alguma coisa além de estar confusa e corroída pelo que sabia e pudesse vir a revelar? As perguntas se multiplicavam na cabeça do delegado Werther. Quanto mais ele pensava, mais questionamentos surgiam.

A noite estava ventosa, talvez não tão fria, mas o céu continuava encoberto. Com as mãos nos bolsos do casaco, passos ágeis e compenetrados, Leonardo caminhava na direção da Estação Mercado enquanto pensava em Aline. Sem que ela soubesse, ele tomara providências de colocar um detetive para observá-la. Sérgio Moreno era também um policial discreto e qualificado para aquela missão, sobre a qual só ele e o comissário sabiam. Embora Aline estivesse indo e voltando da delegacia acompanhada de Cláudio, fazendo inclusive uso do carro do amigo em algumas situações, o delegado temia que alguém pudesse querer machucá-la.

Era tarde. Passava das 20h quando o delegado alcançou a plataforma da estação, à espera do metrô. Nesse instante, seu telefone tocou.

– Olá, Cláudio, o que temos?

– Delegado, consegui fazer contato com o Orfanato Casa das Clarissas. A freira de nome Magda mencionada na Casa das Carmelitas é portoalegrense e realmente atuou como a administradora do local em Rio Grande por mais de duas décadas. – Cláudio fez uma pequena pausa antes de continuar: – E adivinha? Faz duas semanas que ela informou que precisava vir passar uns dias em Porto Alegre para cuidar de um sobrinho doente, pegando todas as irmãs de supresa, pois ninguém sabia da existência de familiares.

– Então é ela, Cláudio. Deram algum endereço ou número de telefone para que possamos ligar?

– Não. Aparentemente ela não tem celular, e hoje pela manhã já tínhamos confirmado que a ligação feita para a delegacia foi oriunda de um telefone público instalado na Rua Senhor dos Passos. Mas no site do orfanato encontrei uma foto quase que recente da freira. Acabei de mandar para o seu celular. Ela parece mesmo ainda jovem, deve ter no máximo 60 anos.

Nesse momento parou um trem, mas o delegado não entrou. Não queria arriscar que caísse a ligação com seu auxiliar, e também não estava disposto a ter de falar alto, sobretudo próximo de outras pessoas. Passageiros apressados e indiferentes passavam por ele para não perderem de entrar na composição antes que as portas se fechassem.

– Entendi, Cláudio, bom trabalho. Envie imeditamente esta foto para a imprensa. Informe o nome e as informações que temos dela. Complemente dizendo que esta é a mulher que pode nos levar ao paradeiro do assassino. Ela vai aparecer.

Minutos depois ele se sentou em um dos vagões do metrô. Foi quando finalmente abriu a foto e pôde confirmar:

era a mesma mulher que o seguira algumas vezes. O delegado estava tenso, envolto em pensamentos, dúvidas e conjecturas, mas o que era intuição ganhava agora um ingrediente concreto em meio àquele mar carregado de incertezas: uma pista contundente para elucidarem o caso. Eles estavam mais perto do que nunca de apanhar o assassino, pensou Leonardo Werther, quando mais uma vez abriu a tela do celular para olhar a imagem do rosto da freira.

TRINTA

Na manhã de quarta-feira, 26 de agosto, os telejornais matutinos e os jornais impressos traziam a imagem da irmã Madga e noticiavam que se tratava de uma freira de Rio Grande que podia levar a Polícia ao paradeiro do *serial killer*.

Sentado em sua poltrona, o psicopata esticou o braço até a mesinha de centro na sala e apanhou o controle remoto. Trocou de canais e percebeu que o caso havia repercutido com força nos meios de comunicação. Desligou a tevê, levantou e caminhou até a enorme sacada de seu apartamento no bairro Moinhos de Vento. Naquele momento não estava revoltado ou com raiva, ao contrário. Friamente, ele redesenhava seus planos, enquanto mirava algum ponto perdido no Guaíba. Sabia que aquilo representava uma pequena vitória da Polícia, mas nada estava perdido. Tia Magda não o entregaria. Embora ela conhecesse este seu lado perverso e suspeitasse de suas motivações, não conseguiria fazer nada contra ele. Na última vez que conversaram, pouco mais de uma semana antes, ela suplicara que ele jurasse que não tinha relação com os assassinatos. Depois disso, não atendeu mais os insistentes telefonemas dela. Tia Magda conhecia-o profundamente. Era a única pessoa que sabia da existência do mostro dentro dele e contra a qual ele não podia fazer nada.

Estava tudo planejado, pensava, amanhã irei matar novamente. Será o último acerto de contas. A mulher é mais uma traidora egoísta e precisa morrer. Depois de humilhá-los, poderei colocar um ponto final nesta história e viajar para longe.

Ao retornar para a sala, ele percebeu que seu telefone tocava. Era um número desconhecido. Pegou o iPhone, hesitou por um instante, e então atendeu em silêncio.

– Meu filho, graças a Deus! Tu sabes que sou eu, não desliga. Precisas te entregar, por favor – disse a freira com a voz embargada.

O psicopata ouviu-a impassível. Depois disso, respondeu com a voz mansa.

– Tia, não se preocupe. Amanhã eu irei embora daqui, ninguém jamais irá me encontrar. Fique escondida e não fale nada para a Polícia até que eu já tenha desaparecido.

Entre lágrimas e soluços, quando conseguiu falar, ela apenas disse:

– Não irei dizer nada a ninguém, mas preciso saber para onde vais. Não me negue isso, por favor.

Ele titubeou, mas não a deixou sem resposta:

– Uruguai. Cuide-se, tia Magda! – E desligou.

Aquela foi a última vez que conversaram.

TRINTA E UM

Enquanto subia as escadas rolantes da Estação São Leopoldo, Leonardo Werther logo avistou João Pedro alguns degraus à frente. Já na plataforma, aproximou-se discretamente do amigo e deu-lhe dois tapinhas nas costas, ao que o outro reagiu de imediato com um largo sorriso, estendendo-lhe a mão.

– Bom dia, senhor delegado, quer dizer então que o caso está quase solucionado? – perguntou João Pedro, indicando que estava bem informado às sete e quinze da manhã.

– Estamos trabalhando para isso, mas o *quase* nada mais é do que uma incógnita – respondeu Leonardo, sem muita empolgação.

– Tens andado com uma expressão muito cansada ultimamente. Tomara que resolvas logo isso para voltares a contar piadas – disse o amigo, assumindo seu fino e elegante tom irônico. – A sorte é que ainda tens virtudes que compensam a tua taciturnidade.

– Tomara que sim! – respondeu o delegado, com um sorriso discreto.

O metrô se aproximou e eles entraram. Diferentemente de outras vezes, não havia lugares disponíveis para se sentarem.

– Daqui a pouco não precisaremos mais viajar em pé: poderemos recorrer à prerrogativa da idade e fazer uso do assento preferencial – disse João Pedro, resignado.

– Não seja tão otimista. Os lugares reservados também são disputados aqui. Talvez o melhor seja nos aposentarmos logo – falou Leonardo, distraidamente, antes de virar-se para o amigo.

– Concordo com a ideia da aposentadoria. Que tal abrirmos uma agência de detetives particulares? Seríamos uma dupla imbatível!

– Acho uma péssima ideia! – disse Leonardo, sacudindo a cabeça em sinal negativo.

– Mas por falar em dupla – disse João Pedro –, ontem assisti a um filme em uma dessas plataformas de *streaming*. Bem bacana, acho que se chamava *Alta Frequência*. Não é novo, deve ter já uns 20 anos, o protagonista Dennis Quaid era bem jovem ainda. O filme usa o fenômeno da aurora boreal para discutir a teoria da física moderna que defende diversas dimensões de espaço e tempo. Com base nisso, a história vai se desenrolando com um bombeiro que consegue estabelecer contato com seu filho policial por meio de um rádio amador. Eles estão separados 30 anos no tempo; portanto, cada ação que o bombeiro faz no passado repercute no futuro, como um determinismo dinâmico. O filme brinca com a ideia de ir e vir no tempo, enquanto pai e filho trabalham juntos para localizar e prender um psicopata que anda à solta, assassinando mulheres. – Ele ergueu as sobrancelhas e então concluiu: – Claro que é preciso abstrair para entrar na história, mas o enredo do filme funciona bem e não deixa nenhuma ponta solta.

Seguiram viagem com outros assuntos triviais, intercalados com alguns períodos de silêncio, como se fosse um interlúdio antes das circunstâncias em que se encontrariam no dia seguinte – e de que nenhum dos dois fazia a menor ideia. Quando João Pedro despediu-se na Estação Canoas, o delegado aproveitou para sentar-se enquanto outras pessoas também desciam. As chuvas haviam diminuído nos últimos dias, mas o frio persistia e o céu continuava encoberto por nuvens carregadas. Mesmo em meio àquela atmosfera desoladora, que oscilava entre a instabilidade do tempo e o cinza do cenário, os pensamentos de Leonardo Werther começavam a vislumbrar a possibilidade de, naquele dia, conseguir colocar um ponto final na investigação que tanto o atormentava nas últimas semanas. Nunca estivera sob tanta pressão e, de certo modo, ele continuava se sentindo fracassado. O psicopata mantivera-se sempre muito próximo, mas paradoxalmente distante de ser apanhado. Entretanto, refletia ele, diversas diligências estavam em andamento e as próximas horas seriam decisivas para que o caso fosse encerrado. Contava que ainda naquela manhã encontrariam a freira que os levaria ao assassino.

Quase na chegada à Estação Mercado, ele escutou uma voz transmitida pelo sistema de som dos vagões: "Senhoras e senhores usuários, foi um privilégio viajar com vocês. Nunca percam as esperanças e jamais deixem de acreditar em seus sonhos". Tratava-se do simpático piloto Klein, velho conhecido dos passageiros por suas mensagens de otimismo. Há dias que o delegado não o escutava, e entendeu que a reflexão do piloto era muita bem-vinda e estimulante. Naquela manhã, Leonardo não precisou sair correndo como fizera há dois dias, quando recebeu a ligação de Aline. Em vez disso, como não havia chamadas da equipe que o motivassem a sair apressado dali, aguardou a passagem da multidão que se espremia nas escadas e só então – depois de dissolvido o êxodo habitual – caminhou na direção da delegacia.

Como era de se esperar, a imprensa o aguardava ansiosa na entrada da 1ª DP. Fotógrafos e equipes de tevê corriam e disputavam espaços de um lado para outro.

– Delegado, já localizaram a freira? – perguntou uma conhecida jornalista do *Correio do Povo*.

– Como foi que a Polícia descobriu que essa mulher conhece o assassino? – perguntou um outro repórter que Leonardo não conseguiu identificar.

O delegado fez um sinal com as mãos para que se acalmassem, e então falou com sua costumeira cautela.

– Estamos aguardando que essa senhora faça contato o quanto antes. Além disso, também estamos mobilizados na busca de informações que nos levem até ela. É tudo que posso declarar no momento – disse ele, enquanto pedia licença para entrar na delegacia.

Depois de cumprimentar os plantonistas da recepção, seguiu para sua sala, onde os auxiliares o esperavam.

– Bom dia. Pelo jeito ainda não temos nada de novo – disse o delegado, já próximo ao cabideiro para pendurar o casado e o cachecol.

— Nada! Mas ainda é cedo, faz poucas horas que a divulgação da foto da freira ganhou repercussão nos telejornais. Se ela não ligar ou aparecer, alguém irá denunciá-la – disse o comissário Cláudio. Na verdade, ele estava apenas externando as suposições que todos compartilhavam no momento.

Aline estava quase que absorta olhando para o celular de minuto a minuto. O delegado – observando-a com discrição – entendeu que, além das informações que eles aguardavam ansiosos, ela ainda tinha um motivo adicional para estar apreensiva.

— Muito bem, por favor, me avisem se tiverem alguma novidade. Por enquanto preciso liberar estas burocracias atrasadas. – E então o delegado meneou a cabeça, respirou fundo e olhou na direção da montanha de papéis empilhados em cima de sua mesa.

Menos de uma hora depois, Cláudio entrou na sala seguido de Aline.

— A freira passou mais de uma semana hospedada no hotel Express Savoy, na Borges de Medeiros. Até hoje pela manhã ela estava aqui no bairro, do nosso lado. O gerente informou que o recepcionista de plantão notou que, antes das seis da manhã, um carro preto já a aguardava quando ela desceu para fazer checkout. O funcionário do hotel imaginou que ela estivesse indo para o aeroporto – disse Aline, erguendo os olhos do papel que tinha em mãos.

— Já verificamos na rodoviária e no Salgado Filho. A menos que ela tenha outra identidade, nenhuma Magda Müller foi vista ou comprou qualquer bilhete de viagem – disse o comissário.

O delegado recostou-se na cadeira, passou a mão esquerda no rosto e no cabelo, antes de voltar-se para a equipe:

– Nossa irmã não pode ter desaparecido. Alguém deve estar lhe dando guarida. Ela se arrependeu de ter entrado em contato conosco e resolveu se esconder – disse ele, atordoado. – Será que essa freira está ciente de que pode estar praticando um crime ao proteger ou acobertar esse assassino? Sem dúvida ela sabe que está cometendo uma violação ética e cristã por não colaborar com a Polícia – disse Leonardo ao mesmo tempo que movimentava a cabeça em sinal de reprovação.

Por volta de 12h30, quando se preparava para ir almoçar, Aline irrompeu na sala, surpreendendo o delegado, que vestia o casaco.

– Precisamos conversar – disse ela, e respirou fundo.

– Imagino que não seja sobre a nossa investigação – ele falou, sabendo do que se tratava. – Estava saindo para comer algo na Confeitaria Roma. Queres me acompanhar?

– Quero. Na verdade, era isso que iria propor: falarmos fora daqui.

A tradicional e aprazível Confeitaria Roma ficava a poucas quadras da 1ª DP, na Rua dos Andradas, próximo à Casa de Cultura Mario Quintana. Curiosamente, embora ele nunca tenha parado para pensar nisso, Leonardo Werther costumava frenquentá-la em momentos bastante díspares: primeiro, quando precisava tomar um café e fugir um pouco do ambiente por vezes claustrofóbico da delegacia, a fim de que pudesse pensar melhor. Segundo, quando tinha muito o que fazer, como naquele dia, e necessitava retornar logo ao trabalho. Escravo dos mesmos hábitos, sabia que lá o atendimento era rápido e os pratos e lanches, sempre bem servidos e deliciosos.

Eles ainda estavam em silêncio quando atravessaram a Rua Riachuelo e iniciaram a descida da pequena ladeira da General Bento Martins. Foi ele quem quebrou o silêncio.

– Já tens previsão de quando teu carro ficará pronto?

– Acho que ainda vai demorar umas duas semanas, não sabem ao certo, mas parece que precisam encomendar algumas peças que não estão disponíveis aqui em Porto Alegre. As oficinas autorizadas são mais cautelosas, o que de certo modo é bom – disse ela, antes de continuar: – Enquanto isso, tem sido bom andar com o carro do Cláudio, principalmente em razão da trilha sonora de clássicos de *rock'n'roll* que nunca para de tocar. Até descobrir que a regulagem do som ficava atrás do volante, eu já tinha me acostumado com as centenas de músicas que deve ter naquele pen-drive dele.

– Ainda bem que ele também gosta de Bebeto Alves, Nei Lisboa e Kleiton & Kledir – disse ele com um leve sorriso.

Embora os dois estivessem tensos, aquele início de conversa fez com que ambos se descontraíssem por alguns instantes.

– E o Lucas, não estranhou? – disse o delegado, agora entrando no assunto que os interessava.

– No primeiro dia e ontem, ele achou um pouco estranha a função de entrar e sair de um carro apertadinho, de duas portas. Na segunda-feira, antes de sair da escolinha, eu expliquei pra ele que alguém tinha batido no nosso Fiesta, e que por alguns dias andaríamos em um carro diferente, então está tudo bem.

E sem que o delegado dissesse alguma coisa ou fizesse mais perguntas, olhando na direção da calçada, já quase dobrando na esquina da Rua da Praia, ela acrescentou:

— Talvez o Lucas ache outra coisa bem mais estranha... Preciso contar para ele, agora ou daqui a um tempo, que o pai dele não é quem ele pensa, mas um delegado de Polícia.

Leonardo Werther respirou fundo ao ouvir aquelas palavras. Em seguida, ainda um pouco embaraçado, num misto de satisfação e contentamento, ele a abraçou afetuosamente e continuaram caminhando em silêncio.

Não fosse inverno, eles poderiam ter sentado no cercadinho da esplanada da Confeitaria Roma, que ficava na calçada. Entretanto, naquele dia, o frio e a intensidade do vento minuano os impediram de ficar no lado de fora do estabelecimento.

Perto dali, no outro lado da rua, quase em frente a um dos prédios antigos do Centro Histórico, Gustavo observava-os discretamente. Ele havia entendido tudo e, em razão disso, uma terrível cólera emergia violenta de suas profundezas. Era quase insuportável de conter a fúria que sentia. Como se na cabeça dele tivesse sido preterido quando, há muito tempo, já não tinha mais nada com Aline. A alegria deles vai durar pouco, refletia ele, muito pouco.

TRINTA E DOIS

Na noite anterior, Aline fora dormir aliviada de um peso que a torturara por mais de três anos. Sabia que ainda teria de enfrentar algumas batalhas, inclusive judiciais, mas agora estava determinada a seguir em frente. Queria começar uma vida nova ao lado do homem que amava e que era o verdadeiro pai de seu filho. Quando acordou naquela manhã, ela ainda sentia a mesma alegria desde que recebera o resultado do exame, menos de 24 horas antes. Mas era um contentamento contido. Enquanto não localizassem a freira que estava desaparecida e não prendessem o *serial killer*, Aline sabia que eles não teriam sossego. Embora acreditasse que estavam bem próximos de encerrar aquela investigação, ela temia que, com a repercussão toda do caso, o psicopata já tivesse fugido.

Na tarde de quarta-feira, por meio das câmeras de segurança do bairro, a investigação levou-os a identificar a placa, o nome e o endereço do proprietário do carro preto que, cedo da manhã, havia apanhado a freira no hotel Express Savoy. A Polícia já estava no encalço de Reginaldo Campos, que morava sozinho em um condomínio de apartamentos no bairro Cavalhada, Zona Sul de Porto Alegre. Porém, até as 23 horas não fora possível localizá-lo em sua residência. Policiais haviam ficado de campana, aguardando-o na portaria, portanto, era de se esperar que já tivessem novidades quando chegasse na delegacia, refletia, enquanto preparava a mamadeira do filho antes de acordá-lo.

Aquele era o terceiro dia que Aline estava com o Fiat Cinquecento de Cláudio. Haviam entendido, de comum acordo, que seria melhor para ambos até que o carro dela ficasse pronto. Ele andava cansado e não estava saindo à noite. Na maioria das vezes, Júlia era quem o visitava. Além disso, era bem mais prático Aline sair do bairro Mont'Serrat, deixar Lucas na creche e depois apanhá-lo no Moinhos de Vento, a fim de seguirem juntos para a delegacia.

Assim que saiu do elevador, no estacionamento do subsolo, ela dirigiu-se para a porta direita do carro e, quase que automaticamente, deitou o banco para colocar o filho na cadeirinha. Depois de dar a volta e sentar-se, antes de girar a chave na ignição, Aline puxou o iPhone da bolsa e percebeu que estava 15 minutos adiantada. Ainda bem, pensou ela, aquele quarto de hora representava muito para fugir da hora do rush. Significava que não demoria nem dez minutos para chegar até o prédio do amigo, depois que deixasse Lucas na creche.

O vento estava intenso nas ruas do bairro Mont'Serrat. Sua fúria incontestável arqueava a copa alta dos plátanos na direção sudoeste. Enfileiradas nas calçadas, as grandes árvores resistiam firmes e resilientes ao ataque do oponente impiedoso. O som daquela manifestação de força da natureza era capaz de provocar uma ponta de temor e angústia. No entanto, mesmo que os vidros do carro estivessem abertos e Aline não estivesse escutando *Fade Into You* no interior do veículo, ela seria capaz de não sentir medo naquela manhã.

Eram 7h10 quando ela parou o carro a uns 30 metros de distância da creche, lembrando-se de que, quando chegava 20 minutos depois, tinha que ir longe ou esperar em fila dupla, até que surgisse uma vaga ali por perto para poder estacionar. Aline tinha bons motivos para andar atenta. Mas ao contrário disso estava profundamente absorta. Ela não tinha notado, ou não lhe aguçara a atenção, a pessoa dentro do carro a uns cinco metros de distância do seu. Tampouco percebeu, assim que desligou o motor do carro e soltou o cinto de segurança, a chegada repentina do homem que estava à espreita, escondido em meio às árvores da rua.

Em instantes, como se ele tivesse calculado a distância e o tempo exatos para atacar a partir do sinal sonoro do destravamento, o homem avançou na direção da porta do caroneiro e entrou com brutalidade no veículo. Aline, agora atônita e num gesto instintivo, ainda teve tempo de virar-se de soslaio e ver que Lucas dormia, antes de se voltar para o seu algoz. Ela sequer teve tempo de olhar direito na direção do homem que lhe pressionava o rosto com uma das mãos, apertando-a contra o banco e a janela do carro, enquanto que, com a outra, começava a estrangulá-la.

De repente, diante daquela circunstância aterradora, na qual ela sentia que perderia a vida, o homem foi subitamente puxado de cima dela pela gola do sobretudo. A força descomunal, empreendida por um golpe certeiro e hábil vinda do lado de fora, fez com que ele soltasse Aline e ao mesmo tempo batesse a cabeça no interior do carro, antes de ser puxado e sair cambaleando para fora do veículo. Em pé na calçada e bem posicionado, o agente Sérgio Moreno apontava sua pistola para o suposto assassino, que estava de costas.

– Parado! – gritou o policial. – Mãos para o alto e não se mexa! Se fizer qualquer movimento eu estouro os seus miolos! – ameaçou ele.

Nesse momento, Aline já tinha corrido para tirar o filho de dentro do carro. Em virtude do barulho e das batidas, o menino havia acordado assustado, sem entender o que se passava quando a mãe o pegou no colo e correu para o outro lado da rua.

– Vire-se devagar e não baixe as mãos – ordenou o agente.

Vagarosamente, o homem foi contornando o dorso para a esquerda, sem que as pernas acompanhassem o movimento das costas. Ele tentaria um último ato para escapar daquela emboscada. Em um movimento rápido e decidido, buscou com a mão direita a arma presa à cintura. Mas já não havia tempo. O policial à sua frente era habilidoso e levava vantagem. Dois disparos certeiros foram ouvidos: o primeiro acertou o ombro direito, neutralizando qualquer tentativa de alcançar a pistola. O segundo foi na perna, o que o fez cair de costas e rolar no chão.

Tudo tinha acontecido muito rápido, menos de dois ou três minutos. Tempo que Aline, na calçada oposta, aproveitou para ligar e pedir reforço à Polícia, enquanto mantinha o filho no colo. Poucos segundos depois dos disparos, ela já ouvia as sirenes da Brigada Militar se aproximando.

O homem fora neutralizado, mas não abatido – o policial havia seguido o protocolo. Ela então ligou para Leonardo, que acabara de entrar no metrô. Depois de tranquilizá-lo, Aline ligou para o comissário Cláudio, que estava a menos de dez minutos dali. Era hora de atravessar a rua e ver o rosto do assassino, mas ela se deteve. Não queria que Lucas presenciasse aquela cena. Foi quando caminhou acelerada e resolveu pedir ajuda na creche. Na direção oposta, porém, percebeu que algumas pessoas da imprensa se aproximavam – eles sempre chegam ligeiros, e em muitos casos são acionados pela própria Polícia. Antes que ela pudesse pedir que aguardassem, uma câmera de tevê já estava ali filmando-a com o filho no colo. Teve que fazer um esforço para evitar declarações e fugir daquele bloqueio já praticamente na porta da escolinha. Depois de deixar o filho com uma das cuidadoras, percebeu que uma pequena aglomeração de pessoas havia se formado na rua, próximo de onde o assassino fora imobilizado. Por trás de uma máscara de látex fimemente moldada ao rosto – como aquelas usadas nos filmes da série *Missão Impossível*, sem o mesmo efeito especial, mas feita de um tecido sintético espesso e convincente, emoldurada com cabelos naturais –, ela não quis acreditar no que seus olhos viram.

– Não é possível... – disse Aline.

TRINTA E TRÊS

Dentro do metrô, passando agora pela Estação Esteio, Leonardo seguia angustiado. Queria chegar o quanto antes a Porto Alegre, mas descer e tomar outra condução poderia demorar mais tempo do que os menos de 30 minutos ainda previstos. Precisava ficar calmo. Sabia que o psicopata fora neutralizado e que estava tudo bem com Aline e o filho, porém nada daquilo fazia sentido. Ele e o comissário só tomaram a precaução de colocar o agente para observá-la, sem que ela soubesse, depois do evento de segunda-feira. Se o motorista da Mercedes prata queria apenas assustá-la, sem querer ele acabou livrando-a das garras do *serial killer*. Ela se enquadrava no perfil das vítimas, mas, por outro lado, geograficamente o assassino havia se distanciado ainda mais do Centro Histórico, onde ele tinha atacado as três primeiras mulheres. Por que Aline? As peças não se encaixavam, pareciam disformes, apontavam numa direção incerta e desfocada. Será que estava tudo solucionado? A intuição do delegado dizia que não... Foi quando o telefone vibrou no bolso do casaco. Não gostava de atender quando estava dentro de uma composição, os auxiliares sabiam disso, mas aquele era um dia atípico e ele estivera esperando ansioso por aquela chamada.

– Bom dia, Cláudio – disse Leonardo.

O comissário sabia que se tratava de um cumprimento retórico diante das circunstâncias, e que o chefe estava ávido por notícias. A conversa com Aline fora muito rápida e ele ainda desconhecia o mais importante.

– Sei que estás a caminho, delegado. Estou ligando apenas para informar que o nosso suposto *serial killer* chama-se Gustavo Toledo. Imagino que devas estar sem chão. – E prosseguiu: –Aline e eu também estamos.

Depois de alguns segundos de silêncio, Leonardo respirou fundo e falou:

– Nada mais me surpreende, Cláudio. "Psicopatas são improváveis!" – disse o delegado, lembrando-se da frase de sua amiga, a psicóloga Cristina Cintra.

– Acabou de ser levado para tratar os ferimentos, e em algumas horas poderá ser interrogado na delegacia. Ele foi categórico que só falaria na presença do advogado. Nós também localizamos o motorista do Uber, que já informou o endereço onde ele deixou a freira ontem, cedo da manhã. Mas será que já não prescreveu o propósito de sabermos o paradeiro dela, se já capturamos o assassino?

– Tente localizá-la, Cláudio. Tem algo de muito estranho por trás disso tudo e precisamos descobrir. Aposto que Aline e os pais do Gustavo não a conheciam, estou correto?

— Correto!

O comissário aproveitou para relatar detalhes de como o assassino fora surpreendido e como a ação implacável do investigador Sérgio Moreno havia sido bem-sucedida.

A imprensa, na porta da delegacia, aguardava por uma declaração oficial que confirmasse que o psicopata fora preso e que o caso estava encerrado. Assim que avistaram o delegado, repórteres, fotógrafos e câmeras de tevê correram ao encontro dele.

— Temos fortes indícios para encerrar o caso esta tarde, mas primeiro precisamos interrogar o suspeito e as testemunhas, a começar por nossa investigadora Aline. — Ele pensou em dizer mais alguma coisa, no entanto preferiu ficar calado e seguiu na direção da entrada do prédio da 1ª DP: — Agora, se me dão licença...

A equipe o esperava na sala, desta vez acompanhada do investigador Sérgio Moreno. Leonardo cumprimentou-o primeiro.

— Excelente trabalho, Sérgio, tens a nossa inteira admiração pela tua bravura e perícia no dia de hoje.

Depois de também apertar a mão do comissário, o delegado abraçou Aline por alguns segundos. Aos olhos do investigador, que desconhecia o envolvimento de ambos, aquilo pode até ter parecido natural dado o surrealismo de todo aquele contexto.

— Se não quiseres, não precisas participar do interrogatório logo mais — disse Leonardo depois que a soltou.

— Eu quero! Depois de tudo isso eu preciso entender. Sempre soube que ele não prestava, mas que era um *serial killer* eu jamais poderia suspeitar. Nem nos meus piores pesadelos passaria pela minha cabeça que já morei com um monstro...

– E a freira? – perguntou o delegado, mudando de assunto e dirigindo-se para o comissário, enquanto sentava-se em sua cadeira.

– O motorista mostrou o registro de que foi chamado pelo aplicativo por uma Magda às 5h49. Disse que estava trabalhando no Centro e não havia movimento, portanto antes das 6h ele encostou em frente ao hotel Express Savoy da Borges, o que bate com a informação do recepcionista de plantão. O problema vem a seguir – continuou o comissário: – Minutos depois, o motorista seguiu para o bairro Moinhos de Vento e a deixou em frente a uma casa antiga, número 287 da Rua Dr. Florêncio Ygartua, bem próximo da Mostardeiro. Conheço bem a região, já estivemos lá e nem rastro da freira. O mais certo é que ela está escondida ali por perto e deu aquele endereço para despistar. Temos gente nossa investigando junto aos moradores e às câmeras de segurança da redondeza. Em algum momento será vista. Não é possível que ela tenha evaporado.

Depois de escorar-se na cadeira e passar as duas mãos no rosto, com dedos entreabertos, o delegado ajeitou a cabeleira para trás e então virou-se para a equipe:

– Deus queira que possamos colocar logo um fim nisso tudo. A que horas poderemos interrogar o suspeito?

– Ele está passando por uma cirurgia para a retirada do projétil no ombro. A bala na perna não ficou alojada, portanto, foi um procedimento mais rápido e já está suturada. Os médicos dizem que ele vai precisar ficar algumas horas de repouso, mas que por volta as 15h poderá ser liberado – disse o comissário.

O delegado deu de ombros.

– Muito bem. Vamos aguardar! – disse ele, lacônico.

Os dois homens saíram da sala e Aline permaneceu ali, em pé, olhando para baixo e apoiando as mãos na guarda da cadeira. Depois de alguns instantes, ela voltou-se para o delegado:

– Estava tão contente hoje pela manhã, pensando, fazendo planos, imaginando como poderia ser daqui para frente... E de repente tudo...

Aline não conteve as lágrimas quando ele se aproximou e abraçou-a, apertando-a suavemente para junto de si. Ela aconchegou-se e passou os braços por dentro do paletó, ao mesmo tempo que encostou a cabeça no peito dele. Ficaram em silêncio por alguns segundos, talvez mais de um minuto, quando ele falou:

– Queria muito que fosses lá para casa hoje com o Lucas – disse Leonardo com ternura. – Podemos jantar os três e finalmente eu poderia conhecê-lo melhor.

Aline ergueu a cabeça, enxugou as lágrimas com uma das mãos e beijou-o nos lábios.

– É tudo que mais preciso – disse ela, beijando-o mais uma vez.

Dada a condição de ex-esposa do suspeito, combinaram que o melhor era ela não participar do interrogatório naquela tarde. Em vez disso, ela sairia mais cedo para pegar algumas coisas em casa e retornaria à delegacia com o filho. Eles seguiriam juntos para São Leopoldo.

Porém as coisas não saíram exatamente como planejado. Quando Gustavo chegou na delegacia, conduzido pela Brigada Militar, já passava das 17h. O advogado o aguardava há quase duas horas na recepção e, antes de iniciar o interrogatório, era preciso conceder um tempo entre o cliente e seu representante judicial. Leonardo sabia que, se houvesse uma confissão, aquilo tudo poderia ser rápido, mas era pouco provável que isso fosse acontecer. Faltando poucos minutos para as 18h, angustiado com toda aquela demora, o delegado recebeu uma mensagem de Aline informando que já estava próxima da delegacia. Fazia muito frio. Recém estava escurecendo, e ele precisava conduzir o interrogatório por pelo menos uma hora. Depois disso, caso fosse necessário, poderia alegar que continuariam no dia seguinte. Mas não deixaria Aline e o filho esperando. Entendeu que não estava com muito tempo, e o melhor era ligar logo em vez de enviar mensagem:

– Oi, está tudo bem? – perguntou ela.

– Tudo, sim, mas ainda preciso de uma hora, nada mais que isso, e não quero deixá-los aqui à minha espera neste frio. Tu te importas de pegar as chaves do apartamento e seguir na frente neste mesmo táxi? – perguntou ele preocupado, imaginando que Aline fosse fazer alguma objeção.

– De forma alguma! Mas será que o porteiro não vai me barrar na entrada?

– Tenho certeza que não. Ele ainda é o mesmo e quase sempre pergunta por ti.

Quando o carro desceu a ladeira da Rua General Canabarro, se aproximando da esquina com a Riachuelo, Leonardo já estava escorado na porta da delegacia, debaixo de um toldo cinza. Ele só teve que correr e entregar as chaves.

– Falamos depois – disse ele, com um sorriso discreto.

No outro lado da rua, dentro de um carro preto de vidros escuros, o verdadeiro assassino observava tudo pacientemente. Assim que o táxi arrancou, ele entendeu para onde Aline estava indo e seguiu atrás. Precisou improvisar em uma vaga irregular na Borges de Medeiros, ao lado do

Mercado Público, quando percebeu que ela abandonara o táxi e descera as escadas para atravessar o túnel de acesso ao metrô.

Dentro da sala do delegado, o comissário Cláudio já havia preparado tudo para iniciarem. O escrivão também já estava pronto. Assim que se sentou, Leonardo avaliou que Gustavo o fitava com uma expressão irascível. O primeiro a falar foi o advogado.

– Meu cliente alega inocência. Ele estava descontrolado, sob o efeito de drogas e movido por um sentimento passional... Acredito que não preciso entrar em detalhes, estou certo de que o senhor já tenha entendido, mas no fundo é importante deixar claro que ele não queria matá-la.

O comissário e o delegado entreolharam-se. Estavam implícitas as motivações do suspeito.

– Ele não queria? Não premeditou nada? E as outras vítimas? – o delegado tinha muitos argumentos consistentes para refutar as justificativas iniciais do advogado.

Gustavo não tirava os olhos de cima dele, como se fosse atacá-lo a qualquer momento.

– Foi tudo um delírio. Como já disse, meu cliente estava sob o efeito de drogas. Há dias que ele vinha apenas querendo assustá-la. Depois da revelação do retrato falado do suspeito que vocês procuram, ele teve a infeliz ideia de mandar fazer uma máscara e se fazer passar pelo psicopata. Um desvario que...

Naquele momento o telefone começou a tocar na mesa do delegado, que pediu licença para atender rapidamente:

– Estou ocupado!

– Sim, delegado, sabemos. Mas é a freira no outro lado da linha e ela diz que é muito urgente.

– Pode passar.

Todos olhavam atônitos para ele. Gustavo parecia quase explodir de ódio e ressentimento.

– Delegado, sou eu, desculpe-me ter fugido. Eu vi pela tevê que prenderam um suspeito que tentou matar a inspetora – a freira falava acelerada. – Não sei o que está acontecendo, mas o senhor precisa proteger aquela moça. Eu vi o menino no colo dela... Ele vai matá-la, ele sempre quis... Por favor, não faça perguntas, anote o número do meu telefone, pode ser que desta vez eu ainda possa ajudá-lo...

Sem entender o que estava se passando, Leonardo registrou os números em seu smartphone e tentou dizer alguma coisa, mas ela expressou apenas mais uma palavra antes de desligar.

– Corra!

Imediatamente, o delegado levantou-se e ligou para Aline. Todos continuavam sem entender nada enquanto ele andava de um lado para o outro na sala. Na quarta chamada ela atendeu. Foi quando ele reconheceu e não quis acreditar no som vindo por detrás da voz dela.

– Oi, não estava com pressa e resolvi pegar o metrô. Tem muita gente e muito barulho aqui. O quê? Não consigo te ouvir direito... Ah, sim, saindo da Estação São Pedro, preciso desligar. A bateria está acaban...

E fez-se silêncio.

Há apenas três metros de distância, no vagão, o homem discreto e elegante que seguira Aline naquelas últimas horas a observava sentada com o filho no colo. Finalmente havia chegado a hora dela, pensava ele, morreria como as outras mães tolas e estúpidas.

Leonardo virou-se para os homens com uma expressão de incredulidade. Tentou ligar novamente, mas caiu na caixa de mensagens.

– Tenho uma emergência e preciso sair imediatamente. O comissário dará continuidade ao interrogatório. – Ele passou a mão no casaco e no colete à prova de balas que estavam pendurados no cabideiro. Ao mesmo tempo chamou Cláudio fora da sala: – Sabemos que este drogado aqui não é o *serial killer*, mas vamos mantê-lo sob custódia por tentativa de assassinato. Por favor, me empresta as chaves do teu carro e me liga quando acabar.

Assim que entrou no Fiat Cinquecento, o delegado precisou empurrar o banco para trás e entender um pouco o funcionamento do carro, antes de ligar e acelerar. Leonardo Werther pensava no que ainda faltava acontecer, sem saber que o pior estava por vir.

ENCONTRO EM SAMARRA

TRINTA E QUATRO

Enquanto acelerava o Fiat Cinquecento branco, Leonardo começou a imaginar em que altura poderia alcançar o trem em que estavam Aline e o filho deles. Depois que desceu a ladeira da General Canabarro, atravessando acelerado a Rua dos Andradas – como se a via pela qual dirigia, guiado por todos os instintos em alerta, fosse a preferencial –, ele seguiu em frente e teve o mesmo ímpeto ao cruzar pela Rua Sete de Setembro. Finalmente chegou ao final da Canabarro e pisou ainda mais fundo ao virar à direita e alcançar a Siqueira Campos, ignorando atentamente os carros e os quase dez semáforos naquele trecho. Compulsoriamente virou à esquerda na Borges de Medeiros, contornando o Mercado Público, para em seguida dobrar na Avenida Júlio de Castilhos. Depois de avançar na direção do viaduto e, enfim, pegar a Avenida Castelo Branco, que costeia a linha de superfície do Trensurb, Leonardo observou que um metrô passava ao lado. Como ele conhecia os intervalos entre um e outro, aquilo significava que estava a aproximadamente sete minutos do trem que levava Aline e o filho, ou seja, eles já deviam ter passado pela Estação Aeroporto e estavam se aproximando da Estação Anchieta. Pelos cálculos do delegado, em menos de dez minutos o metrô passaria pela Estação Canoas. O movimento de carros era intenso naquele horário, mas a versatilidade do pequeno Cinquecento se fazia notar nas ultrapassagens arriscadas. Mesmo costurando no trânsito e andando pela pista lateral – nos trechos que tinham esse recurso –, ele não conseguia andar a mais de 80 km por hora. Era preciso pedir ajuda. Puxou o celular do bolso e ligou para seu amigo João Pedro.

– Onde estás? – perguntou o delegado, apressado.

Pelo tipo de abordagem e o tom de voz atípico, João Pedro entendeu que se tratava de uma emergência.

– Saindo do escritório para pegar o metrô.

– Quanto tempo até chegares à estação?

Embora o delegado soubesse que não demoraria mais do que cinco minutos, preferiu certificar-se.

– Já estou saindo do prédio, em menos de três minutos estarei na plataforma de embarque. Por quê?

Era o que o delegado precisava ouvir.

– A Aline está no trem que tu vais pegar. Ela está com o filho no colo. Tenho motivos para acreditar que tem alguém próximo vigiando-a, provavelmente o psicopata que estamos tentando prender – disse o delegado, e continuou: – Tu só precisas observar e me manter informado. Estou saindo da Freeway e quase pegando a BR-116. Acredito que consigo entrar no metrô na Estação Esteio ou na Luiz Pasteur.

— Deixa comigo!

— João, seja discreto e cauteloso. Nada de heroísmos, ele pode estar armado. Outra coisa: o menino no colo dela é também meu filho! — disse e desligou.

João Pedro ficou perplexo com aquela súbita confissão e com a tarefa que lhe fora incumbida. Fazia mais de uma década que havia parado de fumar, mas naquele instante ele refletiu que um cigarro teria caído muito bem se alguém lhe oferecesse.

Ainda com o telefone em mãos, o delegado ligou para a freira sem esperar que ela fosse atender. No entanto, surpreendeu-se quando uma voz aflita respondeu logo na primeira chamada.

— Estava esperando que o senhor fosse me ligar. Onde ela e o menino estão?

— No Trensurb, passando pela Estação Aeroporto a caminho de São Leopoldo. Estou tentando alcançá-los de carro — disse ele antes de desligar, sem entender por que estava fazendo tudo aquilo.

Ao fazer um novo movimento de ultrapassagem, Leonardo apertou sem querer alguns botões de regulagem atrás do volante. Um som alto e grave se fez ouvir no pequeno interior esférico do veículo. De repente, como se fosse um daqueles mistérios insondáveis do universo, começou a tocar *New Dawn Fades*, do Joy Division. Sua letra e melodia traduziam a angústia sufocante e crescente daquele momento de tensão.

Minutos depois, ele alcançou a Estação Niterói e viu quando o trem já tinha partido. Estava bem próximo. Se pudesse parar o carro na lateral da pista e atravessar correndo a passarela em arco por cima da rodovia... Ele certamente faria isso na próxima parada, logo à frente. No entanto, quando se aproximou da Estação Fátima e o metrô estava quase dando a partida, entendeu que não poderia arriscar. A BR-116 continuaria em linha reta na direção norte, e o trem faria uma curva para a esquerda, a fim de alcançar a Estação Canoas. Leonardo o perderia de vista, mas era justamente onde embarcaria seu amigo. Ligou para ele.

– O trem está se aproximando. A composição tem vários carros, eu te aconselho a começar pelo final.

– Sim, reparei que está chegando e também já pensei nisso. Estou aqui a postos. Depois vais ter que me explicar tudo, estou atônito – disse João Pedro.

– Eu também estou! Mas agora vamos tentar resolver isso. Vou acelerar para ganhar tempo. Em menos de 15 minutos irei embarcar na Estação Luiz Pasteur, é mais garantido. Tu tens quatro pontos de parada para descobrir em qual vagão ela está e se tem algum homem por perto vigiando-a – disse Leonardo.

– Tudo bem, estou embarcando. Fica com o telefone na mão, qualquer novidade te aviso.

– Ah, só mais uma coisa. Ontem tu querias abrir uma agência de detetives, agora já tens uma oportunidade para começar – disse Leonardo. Não chegava a ser uma descontração, mas uma maneira introdutória para ele ainda dizer:

– Obrigado, meu amigo!

– Não tens o que agradecer. – E desligou.

Dentro do vagão, o psicopata estava em pé e de costas para Aline e o filho no colo dela. Através da imagem refletida nos vidros da janela, ele confortavelmente conseguia mantê-la sob vigilância. Estivera seguindo-lhe os passos, contudo não quis arriscar quando percebeu o policial que a acompanhava depois que o idiota caricato do ex-marido tentou intimidá-la. Por ironia do destino, como se algo estivesse escrito para acontecer, o imbecil ainda se fizera passar por ele justo no dia que estava planejado para pôr um fim em tudo. Nada precisava ter acabado daquela forma, refletia o psicopata, mas por alguma razão estava tudo interligado e caberia a ele concluir sua missão. Finalmente teria sua vingança.

Depois de o trem passar pelas estações de Mathias Velho e São Luis, João Pedro começou a ficar preocupado. Restavam apenas outras duas, Petrobras e Esteio, até que Leonardo embarcasse na estação seguinte, Luiz Pasteur. Ele já tinha explorado discreta e atentamente três vagões – naquele comboio ainda restavam outros cinco, portanto, precisaria correr para localizá-la caso quisesse oferecer alguma ajuda útil ao amigo. Na Estação Petrobrás ele fez nova busca em mais um dos carros, e nada. Quando as portas se fecharam, ele pegou no telefone e ligou para o delegado.

– Já vistoriei 50% da composição e nada. Ela também não estava entre as pessoas que desceram até aqui. Eu a reconheceria facilmente, ainda mais com uma criança no colo. Vamos ver se consigo descobrir na próxima...

Alguns pensamentos cruzaram a cabeça de Leonardo Werther. Primeiro, aumentaram as chances de João Pedro localizá-los na parada seguinte. Segundo, se ele quisesse ter algum êxito, apostando no efeito surpresa para neutralizar a ação do psicopata, precisaria ganhar um pouco mais de tempo. Deixaria para embarcar na Estação Sapucaia, permitindo que João Pedro pudesse acrescentar mais uma parada em sua busca. Por fim, entretanto – ele pensou, mas preferiu não compartilhar com o amigo –, havia a possibilidade de o homem ter obrigado Aline a descer em alguma outra estação antes do embarque de João Pedro. Entendeu que era melhor não alimentar essa hipótese.

— Estou saindo da Luiz Pasteur e, seja como for, irei embarcar em Sapucaia. Qualquer novidade, estou com o telefone na mão – disse ele, e desligou.

O delegado, que já estava pronto na plataforma de embarque da Estação Luiz Pasteur, saiu correndo e atravessou a passarela por cima da Avenida Sapucaia, voltando para o carro. O Cinquecento estava estacionado a poucos metros dali, em frente a uma loja de venda de veículos, de fachada verde. Pelos seus cálculos, ele tinha ainda por volta de sete minutos até que o trem parasse na Estação Sapucaia. Ficava a menos de dois quilômetros de onde estava, mas precisava ser rápido. Em frente à Praça General Freitas, ainda na avenida, ele encontrou uma vaga e estacionou. Embora estivesse a uns 200 metros da estação, não queria correr o risco de chegar mais próximo e não ter onde deixar o carro.

Na Estação Esteio, finalmente, João Pedro avistou Aline assim que adentrou o quinto carro da composição. Lá estava ela. Fazia muito tempo que não a via, ainda tinha bastante gente no vagão, mas ela era linda e inconfundível. Entendia por que o amigo nunca a esquecera. No colo, um lindo menino de cabelos escuros e encaracolados. Em pé, na outra extremidade, ele gelou quando viu um homem alto e elegante fitando-a por meio das imagens refletidas nos vidros.

Imediatamente ligou para o delegado.

— Localizei-a. E tem um homem de casaco marrom bem próximo dela e do menino. Ele está de costas, mas do ângulo em que se encontra dá pra perceber que está observando pelo vidro da janela – disse ele num só fôlego.

— Tudo bem, mantenha a distância e não faça nada. Observe discretamente e só me ligue se ele fizer algum movimento diferente. Presumo que estejam no quinto carro, contando de trás pra frente, correto?

– Isso mesmo. Estou mais ou menos no meio e eles estão bem à frente do vagão.

– Certo, nos vemos em cinco minutos – disse Leonardo e, enquanto corria, atendeu a ligação do comissário, que estava em espera.

– Cláudio, não posso falar agora. O homem que procuramos está no trem a caminho de São Leopoldo. Em cinco minutos irei embarcar aqui na Estação Sapucaia. Venha rápido pra cá se puderes. – E desligou.

Ainda parado na mesma posição, segurando-se no apoio metálico do vagão, o psicopata avaliava que teria sido mais difícil se ela estivesse acompanhada do delegado. Não teria sido impossível, mas não sairia do jeito que planejara. Tudo estava conspirando a seu favor, e ela morreria tão logo saísse do trem. Quantas chances disperdiçara até que finalmente chegasse aquele momento. Uma longa história na qual, agora, ele colocaria um ponto final. Longo e árduo é o caminho que conduz do inferno à luz, refletiu, lembrando-se da frase de John Milton. Em poucos minutos estaria tudo resolvido. As providências para sua fuga já tinham sido meticulosamente tomadas.

Quando pisou na plataforma de embarque da Estação Sapucaia, Leonardo certificou-se de que ainda restavam três minutos para a chegada do trem, portanto era o tempo que ele tinha para planejar sua entrada no carro 5 da composição. Esperaria de costas atrás das escadas que dão acesso à plataforma, contaria rapidamente o número de carros e ficaria próximo da última porta do vagão. Dessa forma, assim que as pessoas descessem e outras entrassem, avaliaria o momento certo para surpreender o homem que estava de costas. Se ele porventura tentasse puxar uma arma, o delegado não teria outra escolha que não fosse alvejá-lo dentro do carro do metrô. Nesse momento, Leonardo colocou a mão no coldre e retirou a pistola. Encostado em uma das colunas da plataforma, ele tirou e recolocou o pente na arma, certificando-se de que estava tudo em bom funcionamento. Lamentavelmente, lembrou-se de que naquela mesma manhã estivera angustiado dentro do trem quando passava por aquela estação. Agora ele estava ainda mais tenso ao ver as luzes do metrô de número 112 aproximando-se da plataforma. Não tinha mais tempo para lamentar – era preciso agir e acabar com tudo aquilo. Furtivamente, ele entrou no vagão.

Mais uma vez, as coisas não saíram como planejado. Desceram muito mais pessoas do que entraram. O carro não se esvaziou, mas a geografia interna mudara bruscamente. Aline, que até ali estivera em um assento vertical do vagão, havia trocado para um dos bancos de apenas dois lugares, sentando-se agora ao lado de uma senhora septuagenária de cabelos brancos. Assim que o trem partiu, o homem de casaco marrom acomodou-se de cabeça abaixada na ponta do banco atrás do dela. Agora ele estava ainda mais próximo, a menos de meio metro de distância.

Logo atrás, Leonardo e seu amigo entreolharam-se com completa incredulidade. Pareciam conferenciar em silêncio. Um temor terrível percorreu o corpo do delegado quando ele imaginou que o homem poderia inclinar-se e facilmente torcer o pescoço de Aline. Ela e o filho estavam indefesos, não havia mais tempo.

– Não posso esperar mais – disse ele, enquanto discretamente retirava a arma do coldre.

– Espera! Ele não será louco de cometer um crime aqui dentro, rodeado de pessoas.

O delegado hesitou por alguns segundos, ponderando as palavras de João Pedro. Em seguida, olhou para o amigo e entendeu que já não poderia esperar mais nem um minuto. A seu favor, ele ainda contava com o efeito surpresa. Saiu caminhando com todo o cuidado na direção do homem, segurando a pistola escondida por dentro do casaco. Quando estava a apenas dois metros de distância, equilibrando-se com a mão esquerda na barra central do vagão, um solavanco fez o carro balançar e, por um instante, com o movimento do casaco, sua arma ficou exposta. Foi o suficiente para que a mulher que estava sentada de frente para ele soltasse um pequeno grito involuntário.

– Meu Deus!

Naquele momento muitos olhares se voltaram para ele, inclusive o do assassino, que estivera até então de cabeça abaixada. Em uma fração de segundos, antes que o delegado tivesse tempo de pensar e lhe apontar a pistola, o homem levantou-se e agarrou Aline com o filho no colo, colocando-os de escudo entre ele e o delegado. Naquele instante, os olhos de Aline eram de espanto e total incredulidade. Lucas chorava assustado em seu colo. Estarrecida, ela parecia que ia desmaiar pelo choque a que fora acometida. Não era possível que aquilo estivesse acontecendo. Prendendo-a pelo pescoço com o braço esquerdo, com a mão direita ele habilmente ostentava uma pistola 9 mm, apontando na direção de Leonardo.

– Parado! Solte essa arma ou eu atiro nela e no menino. Podes escolher.

O trem balançava. O delegado conteve-se. Segurava-se com a mão esquerda, enquanto lentamente abaixava a arma com o braço direito. Pessoas que estavam próximas corriam agitadas para trás dele. Aline virou a cabeça e olhou perplexa para o rosto quase irreconhecível e sombrio do psicopata.

— Por que, William? Eu não consigo acreditar! Por que não me matou antes, quando tiveste todas as oportunidades?

— Cala a boca! — disse ele com frieza, e voltou-se para o delegado.

— O que está esperando? Baixa logo a porcaria dessa arma — ordenou com fúria.

— Solta ela e o menino, por favor — pediu o delegado. Leonardo agora entendia de fato o quão improváveis são os psicopatas. Ele não o conhecia pessoalmente, mas sabia de quem se tratava. Sem dúvida uma pessoa insuspeita, que estivera sempre ali, próximo deles — e intimamente próximo de Aline —, que enganou e representou muito bem. Mas por quê? Como dissera Aline, por quê? Qual o motivo de atentar contra eles?

O trem parou na Estação Unisinos e muitas pessoas saltaram atordoadas do vagão, que praticamente se esvaziou. João Pedro aproximou-se de Leonardo e pediu que ele soltasse logo a arma. O trem arrancou. A próxima parada seria a Estação São Leopoldo. Provavelmente a Brigada Militar chegaria em instantes. O homem não conseguiria fugir. Calmamente, o delegado colocou a pistola no banco lateral do trem.

— Tu não vais conseguir escapar, William. Entregue-se! — disse Aline.

Ele ignorou peremptoriamente o que ela disse.

— Vou te contar um segredinho — disse ele próximo ao ouvido dela. E continuou: — Podes também me chamar de Guilherme, ou não sabes que os dois nomes têm exatamente o mesmo significado?

Leonardo não conseguiu ouvir o que ele havia sussurrado no ouvido dela. Buscava em seus registros algo que pudesse falar para livrá-la, a ela e ao filho, das garras do assassino.

– Realmente não sabes quem eu sou, não é? Olha pra mim, olha bem pra mim, senhor Werther, não me reconheces? – inquiriu o psicopata, olhando firme para o delegado.

– Eu sei quem tu és, foste o namorado dela. Mas isso não justifica tudo que fizeste – disse o delegado. Contudo, ele nem tinha acabado falar quando entendeu que não era a afirmação que fizera que William estava se referindo. Aquele rosto tinha algo mais. Embora desfocado, suas feições suscitavam alguma lembrança longínqua que ele não conseguia conectar. Estava aturdido. Que fantasma ou loucura era aquela que lhe passava pela cabeça? Como um vulto emergindo na neblina, aquele rosto começava a assumir traços atávicos e familiares. Só podia estar delirando devido ao esgotamento físico e mental daquelas últimas horas.

Naquele momento, William olhou para Aline, e os olhos assombrados dela encontraram os dele. Em um gesto de desespero, ela segurou firme o filho no colo e, com o braço que tinha livre, conseguiu desferir-lhe uma cotovelada forte. Em seguida atirou-se de lado, quase chocando a cabeça no chão. No mesmo instante, como se tivessem combinado, Leonardo rapidamente resgatou a pistola em cima do banco, mas o primeiro tiro saiu da arma do psicopata. O projétil pegou de raspão, na altura direita da caixa torácica do delegado, que felizmente estava protegida pelo colete à prova de balas. Sem pensar duas vezes, quase ajoelhado, Leonardo desferiu três vezes contra o peito de William. Com a energia dos disparos, saídos numa velocidade de 325 metros por segundo, ele voou de braços abertos contra fundo do carro do trem, manchando de vermelho o vidro da porta e a parede amarela às suas costas. Mesmo machucado pelo impacto da bala nas costelas, Leonardo correu para abraçar Aline e o filho. João Pedro e algumas poucas pessoas que ainda estavam ali também se aproximaram rapidamente. O trem estava parando na Estação São Leopoldo. Uma multidão de pessoas correu para ver o que tinha acontecido. Entre elas, Leonardo ergueu a cabeça e reconheceu o rosto da freira adentrando o vagão em desespero. Ela chorava compulsivamente quando abraçou o corpo morto do psicopata.

– Meu filho, não, não, não vai embora, estou aqui – disse ela aos prantos. – Por quê? Por que, meu Deus, por que esta tragédia toda? Foi tudo culpa minha. Por que não me escutaste, meu filho? Tu tinhas tudo... – E então a freira ergueu a cabeça, passou a mão no rosto para enxugar as lágrimas e olhou para o lado. Lucas estava abraçado ao colo da mãe e não lhe deixava dúvidas. Passado e futuro estavam ali presentes, como a estação antiga do museu ao lado da estação moderna do metrô. Irmã Magda olhava para os olhos da criança à sua frente e relembrava o menino que salvara do frio há mais de 30 anos. Eles eram filhos do mesmo pai.

– Delegado, ele era seu filho! – disse ela, antes de delicadamente colocar no colo a cabeça sem vida de Guilherme e acariciar seus cabelos.

EPÍLOGO

Dois dias depois, sábado, o delegado saiu de seu apartamento para encontrar irmã Magda no Museu do Trem, a cem metros de distância do prédio onde morava. Haviam marcado de conversar e ela fizera questão de ir até São Leopoldo. Quando ele chegou, pontualmente às 14h, a freira já o esperava sentada à sombra de uma árvore. Fazia um pouco de frio naquela tarde, mas depois de tantos dias de chuvas, ventos cortantes e céu encoberto, o sol voltara a aparecer, radiante. Dentro da charmosa estação de madeira, três jovens com violinos e violoncelo preparavam um recital para um pequeno grupo de pessoas que aguardavam sentadas. Muito próximo deles, como se iluminada depois de atravessar por dentro de um arco-íris, pousou uma bela borboleta de cores vivas e raras.

– Boa tarde, delegado, resolvi chegar mais cedo para respirar um pouco da história deste lugar.

– Boa tarde, a senhora pode me chamar de Leonardo.

– E o senhor não precisa me chamar de senhora – disse ela com um sorriso tímido. – Temos quase a mesma idade.

– Tudo bem, desculpe-me, acho que é justo – concordou de forma amável.

Tentavam quebrar o gelo enquanto uma nuvem de tristeza e desolação pairava sobre eles.

– Achei que depois de tudo que aconteceu eu lhe devia algumas explicações.

Em seguida, ela respirou fundo e começou a narrar em detalhes desde o dia em que salvou do frio o menino que fora abandonado na porta do Orfanato Casa das Clarissas, na cidade de Rio Grande, há mais de 30 anos.

– Quando menino, Guilherme tinha uns olhos tristes e cativantes – disse-lhe ela, ficando em silêncio por alguns instantes. – E se me permite, com todo o respeito, essa é uma marca registrada na família. Notei isso quando vi uma imagem sua pela televisão, e depois identifiquei o mesmo olhar no seu filho, Lucas, não é mesmo?

– Sim, o nome dele é Lucas – respondeu Leonardo, enquanto seus olhos vagavam à procura de algum ponto para fixar-se em meio aos vestígios de um passado que ecoava reflexivo, embalado pela melodia de *Adagio para Cordas* de Samuel Barber, que vinha do interior da estação e chegava até eles.

– Mas eu estava dizendo... Deixa eu lhe contar. Apeguei-me a ele desde o primeiro momento. No começo, Guilherme era arredio, devia ter sofrido maus-tratos, ou algum trauma, motivo pelo qual ele não falava quando chegou lá. Na época, a psicóloga que fazia trabalho voluntário no orfanato diagnosticou-o com um possível transtorno raro chamado de "fuga psicogênica", que é quando a mente se ilude para escapar de algum horror. Eu rezava para que uma boa família o adotasse, e um belo dia Deus ouviu as minhas preces. – A freira fez uma pausa, movimentou um terço que tinha entre as mãos e continuou: – Eu estava voltando com ele de algum lugar quando um carro parou e ofereceu carona. Tratava-se de um renomado casal de médicos da cidade, eles já não eram tão jovens. Por graça divina, assim que estacionaram em frente ao orfanato e desceram para se despedir, Guilherme sorriu e falou a palavra "obrigado". Era um milagre. O casal entendeu aquilo como o sinal que faltava para finalmente terem um filho. Chorei e agradeci muito naquele dia.

– E depois? – quis saber Leonardo.

– O tempo foi passando – retomou ela. – Embora não estivesse mais tão próxima, alegrava-me saber que o menino estava sendo bem cuidado. Sempre que podia eu ia visitá-lo aos domingos. Eu sabia que ele gostava, mas ao mesmo tempo também sentia que havia algo errado. Teve um ano que os pais foram viajar e fiquei uns dois meses sem vê-lo. Guilherme tinha ido passar férias no sítio dos tios adotivos. Quando o reencontrei, ele estava de novo quieto e introvertido. Era como se, durante aquele período de férias, tivesse acontecido alguma coisa que o fez regredir profundamente.

Ela fez nova pausa, contorceu as mãos e em seguida prosseguiu.

– Desde pequenininho sempre foi lindo e vistoso, tinha os cabelos encaracolados, parecia um anjo, mas por dentro ele parecia ter uma alma silenciosa. Era como se eu pudesse ler através dos olhos dele. Guilherme fingia e dissimulava muitíssimo bem. Com o tempo, eu acho que ele foi crescendo e aperfeiçoando isso. Como lhe falei, eu conseguia enxergar para além da imagem que ele projetava de si mesmo, tentava investigá-lo quando conversávamos, mas ele era muito inteligente e perspicaz. Vou lhe confessar uma coisa que jamais ousei falar para ninguém – disse ela, ao mesmo tempo que enxugava com um lenço de papel as lágrimas que corriam do rosto. – Eu tenho certeza de que ele assassinou o primo. Não sei explicar e não irei me ater a isso, mas se o senhor quiser poderá investigar depois.

– Leonardo! – disse ele, complacente.

– Está bem, desculpe-me novamente – disse ela, e continuou: – Logo depois do episódio da morte do primo, ele terminou a faculdade e viajou pra Londres. Quando voltou da Inglaterra, ele já não era a mesma pessoa, estava mudado, tampouco se chamava Guilherme. Tinha decidido que seu nome seria William. Os pais não se opuseram e parece que a troca não foi difícil. Acho que é porque os nomes são iguais ou têm o mesmo significado, não sei, mas a verdade é que ele tinha outra identidade quando a família veio morar na capital. Os pais adotivos já são falecidos. Visitei a família Ramos algumas vezes e fui ao funeral deles. A mãe foi a última a morrer, faz uns três anos. Guilherme herdou um enorme patrimônio no ramo imobiliário em Porto Alegre.

De repente, ouvindo o ruído de um trem que se aproximava, a freira fez uma pausa e suspirou fundo. Nesse momento, ambos voltaram os olhos reflexivos para a via elevada, a fim ver o metrô que parava na estação.

– Acho que também faz mais ou menos uns três anos que ele começou a investigá-lo. Mas eu não quero me apressar, deixa eu só voltar um pouco na história. A mãe biológica dele morreu em um acidente, como imagino que deves saber.

— Como acreditava que ele também tinha morrido nesse mesmo acidente – disse Leonardo.

— Sim, claro, Guilherme havia sido dado como morto, mas não era ele que estava no carro. A mãe dele, Maristela, estava morando em Pelotas, e deixou o filho ardendo em febre aos cuidados da vizinha, que mal conhecia, para ir a uma festa na cidade de Camaquã. O menino que morreu, e que por sinal tinha a mesma idade de Guilherme, era filho da Luzia, a única sobrevivente do acidente. Lulu, como era conhecida em seus tempos de prostituta em Rio Grande, era irmã do então namorado de Maristela. Por egoísmo ou por negação, ou mesmo sem saber o que poderia acontecer com a criança que tinha ficado com uma desconhecida, ela mentiu em seu depoimento, dizendo que o menino morto era o filho de Maristela e não o seu. Como naqueles tempos não se tinha as tecnologias de investigação que se tem hoje em dia, tudo que ela teve que fazer foi pegar o menino na casa da tal vizinha do irmão, tendo que mentir mais uma vez, antes de levá-lo consigo para Rio Grande. Quando me procurou, a primeira coisa que Luzia fez foi me entregar o atestado de óbito do menino que supostamente estava morto. Confessou que assim que o levou para a sua casa, ele foi se retraindo a cada dia que passava, e em poucas semanas tinha parado de falar. Segundo ela, inconsequente que era, o quarto e sala onde morava era pequeno e o menino teria visto coisas que não devia, enquanto por lá saíam e entravam homens. – Por alguns instantes, a freira tapou o rosto com a palma das mãos, respirou fundo e então continuou: – Até que chegou o dia em que ela o abandonou na porta do nosso orfanato. Essa história havia ficado escondida por quase 20 anos. Luzia morreu poucos meses depois de revelar o sobrenome do Guilherme e o crime que cometeu.

– Quando os pais adotivos souberam dessa história, contada por mim, eles imediatamente decidiram que iriam revelar ao filho assim que ele retornasse do exterior. E foi o que fizeram. Guilherme, que já se chamava William, ficou sabendo que podia ter um pai ainda vivo. Acredito que, em razão do sobrenome Werther, não deve ter sido muito difícil localizá-lo. Mas o estranho – prosseguiu a freira, com expressão melancólica – é que sempre que o questionava sobre este assunto, ele desconversava. Dizia que o melhor era deixar tudo quieto e esquecer o passado. Mas ao mesmo tempo eu sabia que algo continuava muito errado com ele. Certa vez, precisei vir a Porto Alegre para uns exames médicos e aproveitei para visitá-lo. Quando cheguei na casa dele, eu encontrei lá um casal. Foi uma surpresa para mim, pois ele não costumava ter muitos amigos. Tive até que me policiar para não o chamar de Guilherme, porque ele não gostava. A moça era uma advogada chamada Júlia, lembro-me bem dela. O namorado era um comissário de Polícia, mas agora já não recordo o nome dele.

– Cláudio? – perguntou Leonardo, ao mesmo tempo que respirou fundo.

– Isso mesmo! Recordei agora – Cláudio. Entre uma conversa e outra, Júlia me confidenciou que William havia vendido um excelente apartamento para a mãe do Cláudio. Parece que tinha sido um negócio muito bom para a família. E a partir de então, a advogada também havia sido convidada a cuidar de alguns negócios jurídicos na imobiliária dele. Eu tenho comigo, e agora são só suposições – disse ela, assumindo um ar pensativo – que Guilherme fez de tudo para de alguma forma se aproximar de você. Ele sempre foi muito meticuloso em tudo que fazia. Provavelmente, quando conheceu Aline, apresentada pelo casal de amigos, e ainda mais depois que conheceu o menino, Guilherme deve ter visto a si mesmo quando pequeno, e aquilo foi a chave para desencadear o plano perverso de tudo que viria a seguir.

– A verdade é que – continuou ela –, desde que as mortes começaram, e com aquela repercussão toda, eu vi pela televisão quem era o delegado que estava à frente das investigações. Intimamente eu tive certeza de que era ele o assassino, mas mesmo não tendo como provar, eu saí de Rio Grande e vim pra Porto Alegre. Não tinha bem claro o que deveria fazer, por isso decidi segui-lo algumas vezes. Queria contar o que sabia, mas não tive coragem. Quando confrontei Guilherme por telefone, há alguns dias, ele me disse que estava indo embora para o Uruguai. Meu coração queria muito que ele tivesse sumido, por isso me escondi na casa de amigos. Eu até envolvi outras pessoas nisso...

Novamente lágrimas rolavam e ela as enxugou.

– Mas quando vi o menino no colo de Aline, eu entendi que ele poderia querer matá-la também. No fundo, ele nunca deixou de ser um menino carente e abandonado. Não merece perdão pelos crimes que cometeu e pela dor que causou. Eu vou morrer culpada por não ter tido força e coragem para entregá-lo. Mas, enfim, não podemos mudar o passado. Foi o capricho do destino, e cada um de nós precisa pagar pelos erros que cometemos.

Dentro da estação de madeira o recital tocava o som suave da *Ária na Corda Sol*, de Bach. Leonardo voltou-se para o portão do museu e viu quando Aline entrou caminhando pelo pátio, segurando Lucas pela mão. Em seguida ele respirou fundo e voltou os olhos tristes para o céu sem nuvens. A borboleta de cores raras ainda continuava lá, silenciosa, envolvida pela música e o desfecho da história. Dali a alguns dias chegaria a primavera.

POSFÁCIO

Toda história conta traços da cartografia de uma alma. Todo autor, ao simbolizar na escrita uma narrativa, está desenhando um mundo criado em si mesmo. Logo, não encontraremos uma neutralidade atópica. Diversamente, seremos convidados a uma viagem recôndita e profunda por seus espaços emocionais inconscientes.

Freud, considerado um dos gênios da humanidade por suas descobertas científicas (inigualáveis sobre a constituição da psique humana), utilizou-se não apenas de suas observações clínicas e análise de pacientes, mas da própria literatura para suas investigações e construção da epistemologia psicanalítica.

Amante dos livros, ainda adolescente, propôs-se a estudar autodidaticamente o espanhol para ler Cervantes, e o fez com *Novelas Exemplares*, publicação de 1613, do autor de *Dom Quixote*. Curiosamente, encantou-se com o colóquio dos cães Berganza e Cipião, identificando-se com o último, um cão filosófico que questionava seu amigo sobre a vida: "Berganza, amigo, que essa noite me contes tua vida e as situações pelas quais passou até o ponto em que és agora...". Seria essa fala literária prelúdio da futura abordagem do grande psicanalista?

Leitor de Shakespeare, Dostoiévski, Goethe, ele também usou de emblemáticos personagens da literatura para metaforizar princípios fundamentais do comportamento humano, destacando-se a denominação do termo técnico "complexo de Édipo", retirado da clássica tragédia grega *Édipo Rei*, de Sófocles.

Admirador dos contos policiais, em uma de suas *Conferências Introdutórias sobre a Psicanálise*, traçou a seguinte analogia para explicitar a importância de cada detalhe do que fala e do que cala o paciente, no desvendar de seu funcionamento emocional ou no rastreamento de suas psicopatologias: "Eu fiz aqui parecer como se o mais tênue dos sinais tivesse me possibilitado, como a um Sherlock Holmes, descobrir a situação-problema".

Assim, a arte da escrita e a ciência da mente humana trançaram linhas. O próprio Freud escreve diretamente sobre o tema em um texto denominado *Escritores Criativos e Devaneio*, no qual equiparou uma criação literária a uma brincadeira infantil, no sentido de que, em ambos os casos, há uma reconstrução de um universo interno, em que são reeditadas emoções, frustrações, sofrimentos, desejos. Reeditar, recriar cenários, revisitar personagens e experiências vivenciadas, reposicionando-as em contextos mais aceitáveis ou menos doloridos, talvez estabeleçam um processo de sublimação ou resolução desses conteúdos internos do autor.

Da mesma forma, o leitor pode mergulhar nessa jornada que também pode ser lúdica ou até terapêutica, pois sempre nos encontramos, fragmentados ou não, em espelhos do outro, já que nossos dramas e vicissitudes humanas muitas vezes se repetem, mudando conforme as tonalidades da nossa subjetividade.

Em *Sombras de Agosto* encontramos tudo isso. Uma nobre e fidalga intersecção entre Psicanálise e Literatura, espaço onde podemos visualizar o mapa de trajetórias psíquicas e suas configurações em seres humanos tão distintos quanto são suas gêneses de vida.

Todos nós, leitores e escritores, somos personas ou personagens engendrados, em primeira instância, a partir do desejo de outrem. Mocinhos ou bandidos, detetives ou criminosos, neuróticos ou psicóticos... Todos somos forjados por outras mãos, corações e mentes. No entanto, por meio de uma investigação profícua da estrada inconsciente que percorremos – e do que foi possível construir egoicamente –, podemos nos reconstituir como autores protagonistas, fazer nascer do personagem que somos o nosso "eu" real, a edificação autêntica da nossa essência. Eis a grande busca.

Como leitores, coadjuvantes nessa viagem literária inóspita, possamos também tomar nossos volantes para que nossos internos territórios sejam desbravados com a mesma coragem quixotesca e olhar sherloquiano, por um único e áureo mistério a desvendar: nós mesmos.

Gisele Zuccolotto
Psicóloga

GRÁFICAODISSÉIA
Av. França, 954 - Navegantes - Cep 90230-220 - Porto Alegre - RS - Brasil
Fone: (51) 3303.5555 - vendas@graficaodisseia.com.br
www.graficaodisseia.com.br